© **Günter Wülfrath**

Gestaltung

ZEITSPIEGEL

KURZGESCHICHTEN

Günter Wülfrath

Bibliografische Informationen der Deutschen
Nationalbibliothek:
Die Deutsche Nationalbibliothek verzeichnet
diese Publikationen in der Deutschen
Nationalbibliografie detaillierte bibliografische
Daten sind im Internet über http://dnb.dnb.de
abrufbar.

Herstellung und Verlag:
BoD – Books on Demand, Norderstedt
ISBN: 9783754341520

Liebe Leserinnen, liebe Leser,

mit Texten von einem Leben nach dem Deutschen Faschismus bis in die Zeit der Klimakatastrophen Anfang des 21. Jahrhunderts möchte ich berichten.

Die Erinnerungen an die eigene Kinder- und Jugendzeit und die tagtäglichen Ereignisse in der Welt fordern mich auf, darüber zu berichten.

INHALTSVERZEICHNIS

Aus der durchschossenen Brieftasche von Pauls Vater

VON FEUER ZU FEUER

Als der zweijährige Paul in der Nacht vom 29. auf den 30. Mai 1943 von durchdringendem Sirenengeheul aus dem Schlaf gerissen wird, kommt seine Mutter aufgeregt an sein Bett, hebt ihn heraus und kleidet ihn mit großer Hast an. Nachdem sie eine Tasche mit den wichtigsten Dokumenten in ihre Armbeuge gehängt hat, nimmt sie einen Beutel mit Bettwäsche über die Schulter, nimmt den kleinen Paul auf den Arm und eilt mit schnellen Schritten dem Luftschutzbunker in der oberen Erbschlöer Str. zu. Auf der Straße trifft sie sich mit Bewohnern aus der Umgebung, die mit ähnlichen Dingen wie sie bepackt sind. Auf Höhe der Brotfabrik Michel stehen die verängstigten Menschen und schauen in den Nachthimmel der von Leuchtraketen, soge- nannten Christbäumen, erhellt wird. Paul, der das alles noch nicht verstehen kann, findet die Christbäume sehr schön und ist enttäuscht als sich die verängstigten Menschen in den Luftschutzbunker begeben.

In diesem Bunker, einer große Höhle im Berghang nordöstlich der Straße, befinden sich zwei Räume in denen die Menschen, überwiegend Frauen mit ihren Kindern, auf

8

einfachen Bänken mit ihrer Angst und ihren Hoffnungen auf das Ende des Luftangriffes warten. Paul, der neugierig auf seinen kleinen Beinen durch den Bunker streift, bekommt von einer älteren Dame ein kleines Holzschiff geschenkt. Als er damit zu seiner Mutter zurück kommt, fragt diese, von wem er das denn bekommen hat. Als Paul ihr die nette alte Dame zeigt, stellt sich heraus, dass es die Frau ihres Lehrers Paul Deffke von der ehemaligen „Freien Schule" Ronsdorf, ist.

Nach der Entwarnung in den frühen Morgenstunden des 30. Mai 1943 verlassen die Menschen den Bunker und werden von den Auswirkungen des Angriffs mit grausamer Härte getroffen. Paul und seine Mutter begeben sich mit vielen Anderen auf ein Feld im oberen Bereich der Lohsiepenstraße. Dieser Ort wird zum makaberen Aussichtspunkt auf das Inferno im bren-nenden Ronsdorf. Auch hier ist Paul nicht verängstigt sondern begleitet die Bilder des Schreckens mit seiner durchdringenden Kinderstimme „Feuer, Feuer, Feuer", ruft er immer wieder und zeigt mit beiden Armen auf die lodernden Flammen.

Es war Ende Januar 1944, an einem Tag, an dem Pauls Mutter die Wohnung putzte, die Stühle standen auf dem Tisch, unter dem Paul spielte. Nach seiner, der Erinnerung eines Zweieinhalbjährigen, trat ein sehr großer, schwarz gekleideter Mann, nachdem er an die Tür geklopft hatte, in die Küche und Überbrachte die Nachricht, dass sein Vater am 10. Januar 1944 in Buda an der Ostfront gefallen war. Paul hat sich sehr erschreckt als seine Mutter ihn mit ernstem Gesicht in ihre Arme nimmt. Erst nach langer Zeit rinnen die Tränen bei seiner Mutter und Paul weint mit, weil er das alles nicht verstehen kann. Bis heute erinnert er sich an diese bedrückende Begebenheit.

Das der Krieg 1945 zu Ende war, erkannten die Menschen an der Lohsiepenstraße an den verlassenen Militärgerät-schaften an den Rändern der nahe gelegenen Wälder. Ihre Angst überwindend, schlichen sich Pauls Mutter und eine Nachbarin wie robbende Soldaten bis zu einigen verlassenen Pferdewagen. Aus den Riemen von erbeutetem Zaumzeug bekam Paul ein Paar Hosenträger. Am folgenden Tag sind auch die Pferdewagen ver-schwunden. Es gibt die Legende, dass ein Ronsdorfer Bäckermeister einen solchen Wagen zur Lieferung seiner Backwahren verwendet haben soll. Gleichgültig ob es so war oder nicht, es haben die Menschen den Kampf gegen die Mangelerscheinungen der Nachkriegszeit auf kreative Weise selbst in die Hände genommen.

Trotz aller Bemühungen und Sparsamkeit war eines Tages kein Brot mehr im Haushalt und Paul stand unter dem Fenster auf der Straße und rief seiner Mutter lautstark zu, dass er Hunger habe. Die Verzweiflung einer Mutter, welche den Hunger ihres Kindes nicht stillen kann, werden sich nur Menschen vorstellen können, die das Elend von Krieg und Not schon einmal erlebt haben. Als Pauls Rufen immer lauter wurde, hörte das der Nachbar Heuser, der in der Bäckerei Michel dienstverpflichtet war. Mit einem halben Mangbrot erlöste er Mutter und Sohn aus der Bedrängnis. Die Hilfe des Nachbarn in der Zeit der großen Not war ein Lichtblick und ein Zeichen goßer Menschlichkeit in der Nachkriegszeit.

Paul kann sich daran erinnern, dass sich in der gleichen Zeit, auf der dem Haus gegenüber liegenden Wiese, eine Herde von ca. 30 verletzten Militärpferden befunden hat. Paul hat noch lange das Bild eines Schimmels mit einem großen Loch in der Flanke vor Augen. Die Frauen aus der Nachbarschaft und seine Mutter versorgten die durstigen Tiere mit Wasser aus dem Brunnen des Hauses in dem Paul mit seiner Mutter wohnte.

Erst als Erwachsener kann Paul sich in die Schrecken des Krieges mit all seinem Elend hinein versetzen. Die mutigen Leistungen, vor allem der Frauen und Mütter während des Krieges und nach dessen Ende, erfüllen ihn bis heute mit allergrößte Hochachtung.

Zwei Jahre nach Kriegsende im April 1947 wurde Paul in die nicht zerstörte Schule Lilienstraße in Ronsdorf eingeschult. Über 40 Kinder saßen dort in alten zweisitzigen Holzpulten dem auf einer Bühne stehenden Pult, auch Katheder genannt, gegenüber. Die Lehrerin-nen und Lehrer waren die Caesaren in der Schularena. Zumindest kam es den Schülern so vor. Paul erinnert sich noch an sein erstes Diktat bzw. an seine Schwierigkeit den Buchstaben „œ" zu schreiben. Der Lehrers hatte aber Worte mit „œ", wie Schulœ, Händœ oder Liebœ, diktiert. Paul hat schlussendlich diesen Buchstaben ausgelassen, was ihm, wenn er schon Fehler machen musste, als das kleinere Übel erschien. Bei der späteren Besprechung des Diktats wurde ihm schnell klar, dass ein „e" in der Lautsprache des Bergischen wie ein „œ" klingt. Gegen Mittag eines Schultages wurde die so genannte Quäkerspeise aus großen Kübeln in die mitgebrachten Esskessel der Kinder verteilt. Wenn es ein ganz besonders guter Tag war, bekamen jeweils zwei Schüler einen Gutschein für eine Portion Erdnüsse, deren Verpackung aussah wie eine Schuhcremdose. Diese Gutscheine konnten in einem Geschäft für Haushaltswaren, an der Remscheider Straße eingelöst werden. Das aufteilen der Erdnüsse wurde sehr akribisch vorgenommen. Bei Paul und seinem Schulfreund Peter wurden, wie bei den meisten Schülern, die Erdnüsse zu gleichen Teilen abgezählt und wenn bei einer ungeraden Zahl von Nüssen eine übrig blieb, so wurde sie mit dem alten Fingerspiel „Ruck, Zuck, Schnuck" dem Glücklichen Gewinner überlassen. Immer wenn Paul heute eine runde Dose für Schuhcreme sieht, fällt ihm diese Episode aus seiner Kinderzeit ein.

1953 Zehn Jahre nach dem schrecklichen

Luftangriff auf Ronsdorf, acht Jahre nach der glücklichen Befreiung von Faschismus und dem furchtbaren Krieg ist Paul ein fröhlicher Junge, er wohnt immer noch in dem Haus Lohsiepenstraße 15 zwischen Gärten, Äckern und Wiesen. Seine Mutter Thea hat vor einiger Zeit ihren Hans geheiratet. Der zweite Vater ist für Paul ein riesiges Glück und wenn er diesen Vater mit den Vätern seiner Freunde vergleicht, kann er keine Fehler entdecken. Im Gegenteil, dieser Vater, der sich oft wie ein großer Bruder verhält, erreicht die Ziele seiner Erziehung bei Paul mit seinem ausgeprägten Gerechtigkeitsempfinden und seiner warmen Zuneigung. Mit diesem Vater kann Paul über seine Probleme, seine Fragen und seine Wünsche sprechen, ohne das Gefühl zu haben lästig zu werden.

In dieser Zeit sind die Spiele der Jungen durch die Geschichten von Winnetou und Old Shatterhand geprägt. In Hölschens Wäldchen, das sich hinter den Gärten und am Rande einer Rinderweide erstreckt, ist das verwilderte Indianerland für die Kinder aus der oberen Erbschlöer- und Lohsiepenstraße. Hier gibt es keine Wege, also auch keine Spaziergänger, und der Bauer ist nur ganz selten zu sehen.

An einem Nachmittag bei wunderschönem Sommer-wetter sind Paul und ein paar Freunde im Wäldchen. Beim herumstreifen entdecken sie zwei nebeneinander liegende Bombenkrater. Diese Vertiefungen haben einen Durchmesser von ca. 4 Metern und sind sehr üppig mit langem, schon sehr trockenem, Waldgras bewachsen. Die Jungen schneiden mit ihren Messern und kleinen Beilen biegsame Äste zurecht. Die Äste werden rundum an den Rändern der Krater eingesteckt und dann in der Mitte über demselben zusammengebunden. Das so entstandene Gerüst ähnelt in den kindlichen Indianeraugen schon sehr einem Wigwam. Als die beiden Gerüste aufgebaut sind, wird jede Menge des trockenen Wald-grases darüber aufgeschichtet. So entstehen zwei Grashütten, in denen die „Indianer" sich ausgesprochen gut, mutig und stark fühlen.

Aber wie das so ist, das anfänglich Neue wird zur Normalität und schließlich wird es langweilig. Unsere „Indianer" entschließen sich passend zu ihrem kriegerischen Aussehen, Bogenschützen zu werden. Nach einiger Zeit haben Paul und seine Freunde tatsächlich ihre Bogen fertig und, nachdem sie auch noch jeder eine Anzahl Pfeile vorbereitet haben, beginnt das Bogenschießen. Zunächst werden einige Bäume zu Zielen erklärt und ein spannender Wettkampf nimmt seinen Lauf. Die hereinbrechende Dunkelheit macht den Jungen klar, dass sie ihre Zeit, weit über das erlaubte Maß hinaus, überschritten haben.

Paul denkt krampfhaft über einen Grund nach, welchen er als Entschuldigung seinen Eltern vortragen kann. Doch alles was er überlegt erscheint ihm nicht glaubhaft, so nimmt er sich vor, die Wahrheit zu berichten, dass er über dem Spielen mit seinen Freunden die Zeit einfach vergessen hat. Zwar schimpft seine Mutter, weil sie sich Sorgen um ihn gemacht hat, aber ihre Erleichterung mildert den Zorn über seine Verspätung doch erheblich.

Am folgenden Tag treffen wir unsere „Indianerhorde" im schon bekannten Wäldchen. Ein Freund hat von seinem Vater, der in einer großen Gummifabrik arbeitet, eine Rolle aus schwarzem Isolierband bekommen. Ein Zweiter hatte einen Rest Petroleum aus dem Keller seines Vaters mitgebracht. Nun beginnen die Jungen mit entschlossenen Mienen ihre Pfeile an der Spitze mit schwarzem Isolierband zu umwickeln. Eine leere Konservendose auf den Boden gestellt dient als Gefäß für das Petroleum. Paul nimmt voller Spannung einen Pfeil, tunkt die mit Isolierband umwickelte Spitze in das Petroleum, legt den Pfeil auf den Bogen, hält ihn einem seiner Freunde hin und dieser entzündet mit einem gefundenen Sturm-feuerzeug den Brandpfeil. Über den Bogen zielt Paul mit dem brennenden Pfeil auf einen mit trockenem Waldgras bedeckten Wigwam, zieht die Sehne zurück und dann schnellt der Pfeil davon, fliegt in einem leichten Bogen und landet mit seiner Flamme im trockenen Grasdach.

Atemlos starren die Jungen auf das Geschehen. Am Anfang sieht es so aus als ob nichts geschehen würde, doch dann kringelt sich eine feine Rauchfahne aus dem Gras und nach einem weiteren Moment, züngeln zuerst kleine, dann immer größer werdende, Flammen aus dem Wigwam. Weitere Pfeile finden ihr Ziel im größer werdenden Brand und plötzlich wird den Jungen klar was das Ergebnis ihres Tuns sein könnte. „Feuer, Feuer, Feuer" schallt der Ruf durch den Sommertag.

Die Jungen laufen zum Feuer, reißen das brennende Waldgras von den Gerüststangen, trampeln auf die Glutnester, ersticken so die Flammen und sind unendlich erleichtert als es ihnen gelingt, den Brand zu löschen.

„Mann, oh Mann", sagt Paul erschöpft, „das hätte verdammt schief gehen können". Als unsere Helden, die gar nicht mehr wie Indianer sondern eher wie Schornsteinfeger aussehen, ihre Rußverschmierten Gesichter gewahr werden, brechen sie, trotz des überstandenen Schreckens, in ein erleichtertes Lachen aus.

Der Ruf „Feuer, Feuer, Feuer" in der Nacht des Bombenangriffs auf Wuppertal Ronsdorf im Jahr 1943 war der Ruf eines unwissenden Kleinkindes. Erst der Ruf „Feuer, Feuer, Feuer" der heranwachsenden Jungen zeigte den Spannungsbogen zwischen den Stationen der Kindheit und der Jugendzeit, auf dem langen Weg eines Landes, zwischen Krieg und Frieden.

Am Hermannsdenkmal

DER WEG ZUR KRITIKFÄHIGKEIT

Es war an einem Mittwoch kurz nach den Osterferien 1952. Paul, ein Junge von 10 Jahren, der Mitglied in einer Kindergruppe war , besuchte an diesem Tag die all-wöchentliche Zusammenkunft der Gruppe. Nach der Begrüßung eröffneten die beiden Leiterinnen den gespannt zuhörenden Kindern, dass die gemeinsame Ferienfahrt in diesem Jahr nach Oerlinghausen, einer Kleinstadt nahe bei Bielefeld, im Teutoburger Wald führen würde.

Die Kinder im Alter von 10 bis 15 Jahren waren ob dieser Nachricht total aus dem Häuschen und es dauerte eine ganze Weile, bis sich die erste Aufregung gelegt hatte. Mit der frohen Kunde wurde den Kindern ein Brief für ihre Eltern mitgegeben, in dem diese zu einer vorbereitenden Zusammenkunft eingeladen wurden. Paul und Jürgen bekamen keinen Brief, ihre Mütter waren die beiden Begleiterinnen bei der geplanten Ferienfahrt.

Also, denkt Paul, das ist schon einmal geklärt. Andererseits, sagte ihm ein unbestimmtes Gefühl, dass es manchmal nicht so besonders toll ist unter der Beobachtung der eigenen Mutter zu stehen. „Na ja", sagt er sich „es wird wohl nicht so schlimm kommen wie es sich im ersten Moment darstellt".

Seine und die Mutter seines Freundes konnten ja mit ziemlicher Sicherheit, nicht ständig alle sieben Jungen und die sechzehn Mädchen im Auge behalten. Die beiden Freunde hatten darum auch keinerlei Zweifel daran, dass ihre eigenen Vorstellungen von der Ferienfahrt weitgehend verwirklicht würden.

Als die Vorbereitungen für die Fahrt beendet, die Fahrkarten bestellt und der Vater von Ingrid als männliche Begleitperson, der wilden Horde vorgestellt war, konnte das Abenteuer beginnen.

Am ersten Wochenende der großen Schulferien strömten Kinder und Eltern zu früher Stunde, mehr oder weniger aufgeregt, dem Bahnhof zu. Die Jungen hatten ebenso schnell vor den letzten Ermahnungen der Eltern die Ohren verschlossen wie die Mädchen.

Als endlich der Zug donnernd und mit dampfender Lokomotive in den Bahnhof fuhr, wurden mit lautem „Hallo" die Holzbänke des Abteils „Für Reisende mit Traglasten", so nannte die Bahn die sparsam ausgestatteten Waggons zu dieser Zeit, in Beschlag genommen.

Paul und sein Freund Jürgen machten sich unverzüglich, mit flüsternder Stimme und geheimnisvollen Gesichtern, an die Besprechung ihrer nächsten Ferientage.

Die Eisenbahnfahrt endete nach einem problemlosen Umsteigen pünktlich in Oerlinghausen.

Als erstes ernsthaftes Problem entpuppte sich der Weitertransport zu der vorgesehenen Unterkunft im 6 km entfernten Naturfreundehaus. Die Begleiterinnen wollten den Kindern nicht zumuten, diese Entfernung mit dem Gepäck per Pedes zurück zu legen. Paul und die anderen Kinder fanden die Situation anfangs nicht besonders aufregend. Erst als nach einer ganzen Weile ein klapperndes Lastauto mit offener Ladefläche neben der Gruppe anhielt und sich herausstellte, dass dieser LKW das Transportmittel war, stieg in Paul die Hoffnung auf wunderbare Abenteuer in beinahe unermessliche Höhen.

Nach kurzer Fahrt kam die Rasselbande und deren Begleitung kräftig durchgeschüttelt bei der Herberge an, die für die nächsten zwei Wochen ihr Zuhause sein würde. Paul hatte mit seinen 10 Jahren, ebenso wie die anderen Jungen, wenig Verständnis für die Interessen und Wünsche der Mädchen seiner Altersklasse. Die älteren Mädchen bewegen sich in seinen Gedanken ohnehin in einer ihm völlig unverständlichen Welt, außerdem sind ihm die Mädchen total schnurz.

Er und Jürgen erkunden mit großem Eifer die Unterkunft vom Keller bis zum Dachboden. Im Untergeschoss befanden sich große Waschräume mit langen gusseisernen Becken, darüber eine Reihe von Wasserhähnen, denen allerdings nur kaltes Wasser entnommen werden konnte. In einem Waschkessel, der auf einen Ofen gestellt war, konnte bei Bedarf Wasser erhitzt werden. Wie sich später herausstellte, wurde das erwärmte Wasser in Bottiche gegossen, wenn eine gründlichen Reinigung verschmutzter Kinder vorgenommen werden musste. Eine Etage über diesen Räumen befand sich eine Küche und zwei große Aufenthaltsräume, in denen unter anderem die Mahlzeiten eingenommen werden konnten. Das Abenteuerlichste aber war der Dachboden, den man nur über eine steile Leiter erreichen konnte. Hier befanden sich zwei große Dachkammern. In jeder Kammer waren auf dem Fußboden Matratzenlager eingerichtet. In der einen Kammer wurde die Gruppe der Jüngeren um Paul und Jürgen einquartiert. Pauls Mutter hatte ihr Lager ebenfalls in diesem Raum. Jürgens Mutter und die Gruppe der älteren Kinder wurden im gegenüber-liegenden Raum untergebracht. Für die kleineren nächtlichen Bedürfnisse stand zwischen den beiden Dachkammern ein ehemaliger Marmeladeneimer zur Verfügung. Der Weg über die steile Leiter bis zu den Haustoiletten erschien den Betreuerinnen zu gefährlich. Paul erinnert sich, dass seine Mutter mit einer Taschen-lampe geschlafen hat und immer, wenn eines der Kinder aufwachte, hat sie mit dieser Lampe geleuchtet und aufgepasst, dass nichts passierten konnte. Er selbst hatte aber nichts zu bemängeln, er fand die Unterbringung total prima, schlief er doch zwischen seinen Freunden Jürgen und Jörg.

Nach dem ersten Frühstück hatten die Kinder Zeit, sich in der näheren Umgebung des Hauses umzuschauen. Später, als die Betreuerinnen die Frühstücksreste beiseite geräumt hatten und das Geschirr gespült und eingeräumt war, wurde gemeinsam die Erkundung der weiteren Umgebung vorgenommen.

Nach einer kleinen Wanderung durch lichte Kiefernwälder gelangte die Gruppe in eine mit Gras und Heide bewachsene Niederung. Die Kinderschar bemerkte mit großen Augen Menschen, die Segelflugzeuge auf einen kleinen Hügel transportierten um sie dann, wenn einer in der Kanzel Platz genommen hatte, an langen Gummiseilen, wie einen Windvogel, in die Luft zu ziehen.

Ein offenbar zu den Fliegern gehöriger Mann kam auf die Gruppe zu und sagte: „Bitte seit vorsichtig, was ihr hier seht ist eine Gruppe von Flugschülern, die gemeinsam ihre ersten kleinen Flüge durchführten". Paul und Jürgen fanden den Segelflugplatz zwar interessant, aber nicht so besonders spannend. Beim passiven Zusehen wurde aus ihrem anfänglichen Interesse schließlich Langeweile. Die Beiden brannten darauf, selber etwas zu unternehmen. Vom Segelflugplatz zurück, am Naturfreundehaus angekommen, war noch Zeit bis zur Essensausgabe.

Paul und Jürgen schlichen sich unbemerkt, wie erfahrene Waldläufer in das Unterholz einer Tannenschonung. Hier errichteten sie einen Wigwam aus Tannenzweigen. Sie wurden zu Intschutschuna und Winnetou und bemalten ihre Gesichter mit dem blauroten Farbstoff von ausgedrückten Waldbeeren. Einige Farnwedel wurden zum Kopfschmuck aus Adlerfedern.

Dieser Nachmittag war so recht nach dem Geschmack unserer beiden Freunde. Aber auch dieser Tag kam einmal an sein Ende, doch bevor die beiden Rothäute ihr Abendbrot einnehmen konnten, mussten sie, obwohl sie das für stark übertrieben hielten, in die schon beschriebenen Wasserkübel steigen und sich mit Kernseife und Wurzelbürste die Kriegsbemalung entfernen.

Am Abend kurz vor dem schlafen gehen, waren sich die beiden Indianer darüber einig, dass ihre Vorstellung von spannenden Ferien an diesem Tag zur Wirklichkeit geworden war.

An einem anderen Tag dieser Ferienzeit brach die Kindergruppe früh am Morgen bei prächtigem Sonnenschein zu einer großen Wanderung auf.

Das Ziel war das Hermannsdenkmal in der Nähe von Detmold. Paul fühlte sich glücklich; die Lust zum Wandern war ihm sozusagen schon von seinem leider im Krieg gefallenen Vater in die Wiege gelegt worden. Die Wandergruppe war gerade, weil der Weg steil anstieg, in Schweigen verfallen, als ein lautes Warnsignal ertönte. Ein Arbeiter, der auf die Gruppe zukam, sagte: „Halt! Hier ist jetzt eine Sprengung, aus Sicherheitsgründen muss ich euch für ein paar Minuten aufhalten". Nachdem die Kinder auf dem Boden Platz genommen hatten, fragte der Arbeiter:

„Wo kommt ihr denn her?" „Wir kommen aus Oerlinghausen, dort sind wir in unseren Sommerferien". „Respekt", sagte der Mann. „Da seit ihr ja heute schon ganz schön weit gewandert". Nachdem Paul und Jürgen dem Arbeiter noch erzählt hatten, dass die Kindergruppe aus Wuppertal kommt, fragte der Arbeiter: „Und wo wollt ihr hin?"

„Zum Hermannsdenkmal" lautet die vielstimmige Antwort. Da schaut der Mann mit ernstem Gesicht auf seine Armbanduhr und sagt: „Dann müsst ihr euch aber sputen, es ist jetzt ½ 12 Uhr und um Punkt 12 Uhr ist Schwertwechsel". „Schwertwechsel, was ist das?" „Na," sagt der Mann: „Dann nimmt der Hermann das Schwert von der einen in die andere Hand". Nach diesen Worten ertönt die Detonation der angekündigten Sprengung im nahe gelegenen Steinbruch. „Da habt ihr aber noch einmal Glück gehabt, wenn ihr euch jetzt beeilt, könnt ihr noch vor 12 Uhr am Hermannsdenkmal eintreffen:" sagte der Arbeiter.

Die Kinder rannten mit neuer Kraft den Berg hinauf. Bereits 5 Minuten vor der Zeit saßen sie voller Erwartung vor dem riesigen Denkmal und ließen das Schwert nicht aus den Augen. Als die Zeit schon um einige Minuten überschritten ist, ruft Pauls verärgerter Freund Jürgen: „Mist, ich glaub die haben uns verarscht". Paul stimmt ihm zu. Als sich der Ärger etwas gelegt und anfängliches Schmunzeln zu befreiendem Lachen wurde, hatten die meisten Kinder ihre Enttäuschung überwunden.

Auch Paul hatte sich beruhigt, jedoch ein merkwürdiges Unwohlsein, ein Gefühl als ob ihm etwas fehlen würde, konnte er sich nicht erklären, das beunruhigte ihn mehr als ihm lieb war.

Ein weiteres prägendes Erlebnis war für Paul der Besuch im Detmolder Schloss, das mitten im Zentrum von Detmold steht. Die Besichtigung des Schlosses war für Paul und seine Freunde eine interessante und spannende Geschichte. Zunächst mussten alle Besucher große Filzpantoffeln über ihre Straßenschuhe ziehen. So, zum Schutz des Parketts ausgestattet rutschten die Kinder, nicht eben zur Freude der Aufsichtspersonen, über die blank gebohnerten Böden. Paul und ein Teil seiner Freunde kamen, nachdem sie die freigegebenen Räume des Schlosses besichtigt hatten, an eine große verschlossene Tür, vor dieser stand ein streng aussehen-der Wächter, der den Kindern erklärte: „Hinter dieser Tür wohnt die Prinzessin, und aus diesem Grund kann dieser Teil des Schlosses nicht besichtigt werden".

„Was macht eine Prinzessin denn so?" fragt Jürgen. „Ja das ist sehr unterschiedlich" sagt der Wächter. „Aber in wenigen Minuten will die Prinzessin das Schloss verlassen". „Wenn ihr die Prinzessin sehen wollt, dann stellt euch vor das Haupttor, von dort könnt ihr den Wagen beobachten". Paul und seine Freunde ließen sich nicht mehr aufhalten, stürmten zum Ausgang, entledigten sich ihrer Filzpantoffel und marschierten unverzüglich zum Haupttor. Nach einer Weile war die ganze Kinderschar versammelt und setzte sich auf den Rand der Raseneinfassung vor das Tor. Es dauerte nicht besonders lange, dann erschien - keine mit Rössern bespannte Kalesche - sondern eine schwarze Benzinkutsche, hinter deren verdunkelten Fenstern für wenige Sekunden, eine offensichtlich ältere Dame zu sehen war. Doch schon war der Spuk beendet, der Wagen verschwunden und die Kinder im Tal der Enttäuschungen angekommen.

Mussten Prinzessinnen nicht immer schön sein, prächtige Kleider tragen, sich mit Gespielinnen und Prinzen umgeben und fuhren sie nicht selbstverständlich in mehrspännigen Kutschen durch das Land?

„Und nun?" Pauls Weltbild war total zerstört. „Was war das denn?" fragt er sich. Die Bilder der realen Welt hatten die Kinder sehr getroffen. Die Enttäuschung ist unübersehbar und die Gruppenbetreuer versuchen alles, um die Verletzung der kindlichen Fantasie vergessen zu machen.

Doch auch jetzt erfasst Paul ein merkwürdig undeutbares Gefühl, als ob ihm etwas weggenommen worden wäre, aber er kann nicht sagen was das sein könnte, er kann es sich nicht erklären. Wie bei dem Erlebnis am Hermannsdenkmal scheint ihm die Überwindung seiner Enttäuschung nur oberflächlich zu sein. Eine Antwort auf seine Fragen findet er an diesem Tag nicht.

Erst einige Jahre später, als er erwachsen geworden war, fand Paul Antworten auf die Fragen nach den Ursachen für seine damaligen

Empfindungen. Noch ein wenig später, in einer Runde von alten Freunden, berichtet Paul von der denkwürdigen Kinderferienfahrt im Jahr 1952 und seinen heutigen Erkenntnissen: „Mein Unwohlsein nach den Ereignissen am Hermannsdenkmal, genau so wie bei der Enttäuschung mit der Prinzessin, war die unbewusste Wahrnehmung eines Verlustes".

Nach einer kleinen Pause fährt er fort: „Erst ganz allmählich ist mir klar geworden, dass ich mit der scherzhaften Lüge des Arbeiters am Steinbruch, ebenso wie mit dem verlogenen Kinderbild einer Prinzessin, etwas verloren hatte". „Was hast du denn verloren?" fragen die Freunde. „Meinen Glauben an die Ehrlichkeit" sagt Paul und endet mit den nachdenklichen Worten: „Ich denke, es war der Anfang vom Ende meiner Kindheit, es war der Verlust meiner kindlichen Naivität". Er endet mit den Worten:

„Obwohl ich Anfangs ein wenig traurig war, erkannte ich im Laufe der Jahre, dass diese Erlebnisse die positiven Anfänge einer Entwicklung waren, in deren Verlauf meine Leichtgläubigkeit verschwand, aus Arglosigkeit und Verführbarkeit Kritikfähigkeit wurde".

WEIHNACHTEN 1946
Meine Erinnerung an Weihnachten und
Wintersonnenwende

Bei einer Familienfeier am 24. Dezember 2018 mit dem Enkel Malte, habe ich mich plötzlich an die Weihnachtsfeiertage mit meinen Eltern, Oma Güsken und dem Opa Fritz im Jahr 1946 erinnert.

Mein Elternhaus war vom Atheismus und einer freigeistigen Atmosphäre geprägt.

Nachdem ich, noch nicht 3 jährig, im Jahre 1943 den Tot meines Vaters in dem faschistischen Krieg erleben musste und meine Mutter zur Witwe wurde, waren in meinem Elternhaus Waffen, auch Spielzeugwaffen, als Sinnbilder des Krieges absolut verpönt.

Im Jahre 1946 bekam ich durch die Hochzeit meiner Mutter mit ihrem Freund Hans einen neuen Vater. Dieser stellte sich in der Folge als ein großer Glücksfall für mich, den heranwachsenden Jungen, heraus.

Mein neuer Vater, der ebenfalls die Gräuel des Weltkrieges erleben musste, diskutierte mit mir über die Ursachen des Krieges und beschrieb mit ein-drucksvollen Worten die große Gefahr, die von Waffen aller Art ausgeht.

Obwohl meine Eltern den christlichen Hintergrund des Weihnachtsfestes nicht teilten, wollten sie mir das Fest des Friedens nicht nehmen und so feierten wir, wie viele andere, unter dem Lichterbaum die Wintersonnenwende als Zeichen für den natürlichen Kreislauf des Universums.

Die heidnischen Feste zur Sonnenwende im Winter, die in das Weihnachtsfest eingegangen sind, bieten mit Kerzen und Symbolen des Lichts einen Ausgleich zu den dunkleren und kürzeren Tagen und machen es leicht, diese mit der Hoffnung auf ein besseres Leben zu verbinden.

Die grundsätzliche Ächtung der Kriege und der Waffen teilten und teilen die Freigeister mit vielen friedliebenden Christen.

1946, als ich 5 Jahre alt war, forderte mich um 19 Uhr am 24. Dezember meine Mutter auf, mich zu waschen, die Zähne zu putzen und mich schlafen zu legen. Sie endet mit den Worten:

„Morgen ist die Weihnachtsbescherung und um dabei zu sein, kommt um 7 Uhr der Opa".

„Ich lege dir Kleidung, Seife, Wasch-lappen und Handtücher im Schlaf-zimmer bereit und stelle eine Schüssel mit Wasser dazu, damit du, wenn ich dich um ½ 7 Uhr geweckt habe, dich waschen und ankleiden kannst".

In das Wohnzimmer durfte ich aber erst wenn der Weihnachtsmann mit seiner Glocke geläutet hatte. Den Weihnachtsmann spielte damals mein Opa Fritz.

Hinter der geschlossenen Schlafzimmertüre hörte ich noch sehr lange auf die geheimnisvollen Geräusche, die meine Eltern bei der Vorbereitung für den kommenden Tag verursachten.

Wie ich so, überhaupt nicht müde im Bett lag und voller Ungeduld auf den kommenden Tag wartete, erinnerte ich mich an den gemeinsamen Ausflug, den ich mit meinem neuen Vater Hans vor einigen Tagen unternommen hatte.

Beim herumstromern im Wald begegnete uns plötzlich ein wundervoller Tannenbaum, den mein Vater mit der „zufällig" mitgenommenen Säge, einem so genannten Fuchsschwanz, absägte.

Den Baum hatten mein Vater und ich am Vormittag des 24. Dezember mit Weihnachtsbaumkugeln aus Lauscha in Thüringen geschmückt. Ich wusste, dass ich mit meiner Mutter während des Krieges in Lauscha evakuiert war.

Tante Elsa, die Thüringer Gastgeberin, hatte die wunderschönen Kugeln vor einiger Zeit nach Wuppertal geschickt. Lauscha war zu dieser Zeit ein wichtiger Ort für die thüringische Glasbläserkunst.

Als Dankeschön unserer Familie sendete meine Mutter Nylonstrümpfe und Bohnenkaffee nach Lauscha.

Das schmücken des Baumes wurde mit dem aufhängen von Lametta ergänzt. Zum Schluss verteilte mein Vater die Kerzenhalter im Baum, und als diese dann mit Kerzen bestückt waren, riefen wir die Mutter, um unser Werk voller Stolz zu präsentieren.

Auch wenn Mutter am Anfang, beim ersten Anblick des Baumes, den einen oder anderen Fehler gesehen zu haben glaubte, war er als er jetzt so fertig geschmückt vor uns stand, der allerschönste Weihnachtsbaum den wir uns jemals vorgestellt hatten.

Mit den Erinnerungen an diesen Tag bin ich dann doch noch in den Schlaf gesunken.

Am Weihnachtsmorgen war ich bereits um ca. 5 Uhr aufgewacht. Um 6 Uhr, „gefühlte" 4 Stunden später, sind meine Eltern endlich aufgestanden.

Ich durfte nun ebenfalls aufstehen, mich waschen und ankleiden. Kurz bevor ich fertig angezogen war, ertönte auf der Straße vor dem Haus ein lautes Pfeifen. Ich stürzte ans Fenster, und obwohl ich wegen der filigranen Eisblumen am Fenster und der herrschenden Dunkelheit nichts erkennen konnte, wusste ich, dass mein Opa Fritz vor der Türe stand.

„Opa ist gekommen" rief ich laut und voller Freude".

„Jetzt kann die Bescherung beginnen".

Aber so schnell wie ich mir das vorgestellt hatte, ging es dann doch nicht. Opa begrüßte zuerst die Eltern, dann kam er zu mir in das Schlafzimmer.

„Du bist aber schon ganz schön aufgeregt" sagte er mit verschmitzten Gesicht, bevor er sich in das für mich noch verbotene Wohnzimmer begab.

In meiner Aufregung wurde ich immer unruhiger und als dann noch Worte des Staunens und Bewunderungsausdrücke durch die Wohnzimmertür drangen, war es für mich kaum noch auszuhalten.

„Boh..., Mann oh Mann, wunderbar, das gibt es doch gar nicht, Wahnsinn, unglaublich, super".

So heizte der Opa meine brennende Neugier noch zusätzlich an.

Endlich, mittlerweile war auch die Oma Güsken gekommen, hörte ich aus dem Zimmer die Klänge einer Glocke.

Mit schweißnassen Händen öffnete ich die Tür und blieb mit staunenden Augen vor dem strahlenden Lichterbaum stehen.

Opa Fritz, mein verrückter, liebevoller Freund und Vertrauter, forderte mich nun auf, mir die Geschenke anzusehen, die unter und auf dem Tisch ausgebreitet waren.

Da gab es zuallererst viele bunte mit Plätzchen, Nüssen, Äpfeln und diversen Süßigkeiten gefüllte Teller zu sehen.

Daneben lag ein Buch mit einem ungepflegten Kind auf der ersten Seite. Sein Name war „Struwwelpeter". Weil ich noch nicht so gut lesen konnte, haben mir mein Opa und später auch meine Eltern aus diesem Buch vorgelesen. Mit dem „Struwwelpeter" entwickelte sich danach sehr schnell meine Fähigkeit immer besser lesen zu können.

Unter dem Tisch stand ein beeindruckender Pferdestall mit Pferden und Wagen, aus Holz gebaut und geschnitzt. Oma Güsken hatte mit großer Überredungskunst dieses schöne Geschenk einer Nachbarin abkaufen können.

Danach entdeckt ich eine Kiste, die aus groben Brettern zusammengenagelt war. Sie war ungefähr so groß wie ein Schuhkarton. Diese Kiste war angemalt wie eine Straßenbahn. Aber auf dem Dach dieser Bahn waren 2 Spulen aus einer Bandweberei befestigt.

Vom Fensterkreuz im Wohnzimmer wurde bis zur Türklinke eine Wäschekordel gespannt. Die angemalte Kiste wurde nun mit den Rollen auf die gespannte Kordel gehängt und fertig war die Schwebebahn.

Onkel Ernst war der Konstrukteur und Baumeister dieser Überraschung. Die Wohnzimmertüre musste nach den ersten Versuchen, bei denen die Bahn gegen die Tür knallte, neu lackiert werden.

In mehreren kleinen Päckchen entdeckte ich verschiedene Eisenbahnwagen aus Blech und einige Schienenstücke, aber eine Lokomotive war nicht dabei. Das alles war nur ein Fragment. Es war der Rest einer Spielzeugeisenbahn, die Opa Fritz irgendwo gefunden hatte. Aber genau mit diesem unvollständigen Spielzeug beschäftigte ich mich besonders intensiv.

Oma Güsken konnte es nicht fassen und erschüttert klagte sie:

„Da bemühe ich mich um ein schönes Weihnachtsgeschenk und der Junge spielt mit dem Schrott aus der Abfallkiste".

Nach der Bescherung spielte ich mit meinen Geschenken, die Männer tranken zur Feier des Tages ein Bier und die Frauen tranken zumeist einen Likör.

Danziger Goldwasser mit den glitzernden Partikeln ist mir noch gut in Erinnerung, vor allem weil ich schon einmal heimlich aus dem Glas meiner Mutter probiert hatte.

Um die Mittagszeit wurde eine große Schüssel mit rotem Kartoffelsalat, so nannte ich den mit roten Beeten gefärbten, mit Heringen und Walnüssen zubereiteten Heringssalat, auf den Tisch gestellt. Dazu gab es Würstchen und als Besonderheit eingelegte Heringe.

Den Nachtisch konnte sich jeder selbst von den bunten Tellern nehmen.

Abschließend kann ich nur sagen, dieses Weihnachtsfest bzw. diese Wintersonnenwende ist mir ganz besonders in Erinnerung geblieben.

Feuerrad aus Stroh
Sinnbild der Wintersonnenwende

Weihnachten 1949
Weihnachten und Wintersonnenwende 1949

Eine weitere besonders starke Erinnerung an Weihnachten führt meine Gedanken in das Jahr 1949.

Leider wurden meine Gelenke in diesem Jahr von einer Entzündung befallen. Diese „Gelenkrheuma" genannte Erkrankung führte bei mir in der Folge zu einer ungesunden Herzerweiterung. Sechs Wochen Aufenthalt in einer Klinik und die verordnete absolute Ruhe standen in absolutem Widerspruch zu meinen Bedürfnissen.

Aber dann durfte ich endlich wieder in die Schule.

Turnen, Schwimmen und Fahrradfaren wurden mir allerdings für viele weitere Monate untersagt.

Mein Herz ist heute geheilt. Soweit die Vorgeschichte.

Und nun meine Geschichte.

1949 drei Jahre nach der gerade schon beschriebenen Weihnachtsfeier hatte sich am Ablauf der Feiertage nur wenig geändert.

Geändert hatte sich aber die Politik in Deutschland. Im September wurde die Bundesrepublik Deutschland gegründet und die Gründung der Deutschen Demokratischen Republik folgte im Oktober.

Geändert hatte sich auch die Beschaffung des Tannenbaums. Diesmal wurde ein Baum gekauft und nicht im Wald organisiert.

Organisiert war eigentlich nur ein überaus höfliche Beschreibung für geklaut.

Geändert hatte sich auch, nicht nur weil ich älter geworden war, die Erinnerung an meine Kindheit.

In einem kleinen Stall hinter dem Haus hatten wir damals 4 Kaninchen. Ich hatte immer sehr viel Freude wenn ich die Mümmelmänner füttern durfte. Ihre weichen Nasen und das samtige Fell machte sie zu wunderbaren Spielgefährten.

Dann kam der 24. Dezember und die Regeln für den Ablauf des Festes hatten sich ebenfalls nicht besonders verändert.

Immer noch wurde nach dem schmücken des Baumes das Wohnzimmer zum Weihnacht-lichen Sperrgebiet.

Immer noch stellte Mutter die Waschschüssel ins Schlafzimmer und legte die Kleidung für den Weihnachtsmorgen bereit.

Immer noch konnte ich vor lauter Nervosität schlecht einschlafen.

Immer noch ließ Opa Fritz früh um 7 Uhr seinen Pfiff, mit dem er sich anzumelden pflegte, vor der Türe erklingen.

Und immer noch veranstaltete er, nachdem er uns begrüßt hatte, hinter der geschlossenen Wohnzimmertüre ein Hörspiel, das mich immer noch in einen heißen Erregungszustand versetzte, den ich nur sehr schwer beherrschen konnte.

Endlich war es aber doch so weit. Nach dem erklingen der Glocke, wurde die Wohnzimmertüre geöffnet.

Wieder stand ich staunend und mit großen Augen vor dem strahlenden Lichterbaum.

Dann sangen wir alle gemeinsam das Lied* „O Tannenbaum".

Nachdem ich anschließend noch ein kleines Gedicht* aufgesagt hatte, durfte ich mir endlich meine Geschenke anschauen.

Aus einem kleinen Päckchen, das ich aufgeregt geöffnet hatte, fiel mir eine Armbanduhr der Marke „Junghans" in den Schoß. Sie hatte eine rechteckige Form und ich sah mit großer Freude, dass ich nun eine genau so schöne

Armbanduhr wie mein Vater hatte.

Dann entdeckte ich zu meiner großen Überraschung ein dickes Buch. Jetzt konnte ich selbst schon ganz gut lesen und das Indianerbuch über einen Arapaho Häuptling, mit Namen „Mithahasa", hat mich, mit seinen tollen Beschrei-bungen über das Leben der Indianer Nordamrikas, sehr gefesselt.

Ich fand es ein wenig merkwürdig, dass an diesem Weihnachtsmorgen in einer Ecke des Zimmers, auf dem Boden eine rot/schwarz karierte Wolldecke ausgebreitet war. Während ich noch rätselte was das wohl zu bedeuten hätte, vernahm ich, wie Opa Fritz mit strenger Stimme seine Tochter, also meine Mutter, aufforderte, endlich die Decke wegzuräumen.

Meine Mutter drohte ihrem Vater schmunzelnd mit dem Finger und hob mit einem Lächeln die Decke vom Boden auf.

Ich wurde augenblicklich starr vor Überraschung. Ich konnte es nicht glauben, was ich dort zu sehen bekam.

Eine Gleisacht mit der Spur HO, bestehend aus einem Kreis, der durch eine Kreuzung mit einem Gleisoval verbunden war, lag vor meinen staunenden Augen.

Auf den Gleisen eine wunderbare, schwarze, Märklin Tenderlokomotive mit der Bezeichnung TM 800, über die ich mich heute immer noch sehr freue, wenn ich die über 70 Jahre alte Maschine in meinem Bücherschrank bestaunen kann.

Ich entdeckte in mehreren Kartons einen geschlossenen Güterwagen, einen Kesselwagen mit dem Schriftzug „ESSO", einen Langholzwagen mit entsprechenden Holzstämmen und einen Kühlwagen für Obst und Gemüse.

Auf den Gleisen aber waren an die Lokomotive angekuppelt ein Packwagen und vier Personenwagen aus Blech.

Die Personenwagen hatten an jeder Stirnseite einen überdachten Eingang, auf dem man sich bei schönem Wetter die Luft um die Nase wehen lassen konnte.

Mit solchen Wagen der Bundesbahn bin ich mit meinen Eltern und später als Jugendlicher noch oft, wenn wir zur Lingesetalsperre wollten, bis kurz vor Marienheide zum Haltepunkt Googarten gefahren.

Endlich ließ mein Vater, mit Hilfe des blauen Fahrreglers, die Bahn einmal eine Runde fahren.

46

Es war ein ganz besonderer Moment als ich zum ersten mal den Zug meiner Modell-eisenbahn, selber fahren lassen konnte.

Heute weiß ich wie sich meine Eltern ein-schränken mussten, um mir, ihrem erkrankten Sohn, ein solch kostenintensives Weihnachts-geschenk zu machen.

Nach dem Bier und dem Likör für die Erwachsenen gab es die nächste Überraschung.

Zum Essen gab es Braten mit Kartoffelklößen und Rotkohl.

Im Kreise von Eltern, Oma und Opa schmeckte es mir wunder-bar. Ich bekam ein Böllchen, Opa ein Böllchen, Oma ein Böllchen und Papa ein Böllchen. Als meine Mutter ebenfalls ein Böllchen haben wollte, riss mich die Antwort meines Vaters aus allen Glücksträumen.

„Kaninchen haben nur vier Schenkel, als auch nur vier Böllchen".

Jetzt wurde mir bewusst, dass ich schon einige Tage die Kaninchen nicht mehr gefüttert hatte.

Regelmäßig hatten meine Eltern, wenn ich zum Stall gehen wollte, um die Kaninchen zu füttern gesagt: „Brauchst du nicht, das haben wir schon erledigt".

Ich war geschockt, aber nicht so sehr, dass es

mir nicht mehr geschmeckt hätte. Meine Trauer über den Verlust eines tierischen Spielgefährten verging, zumal als ich hörte, dass ein Kürschner mit dem Fell von unserem Kaninchen einen so genannten „Muff" für meine Cousine Heidi anfertigen sollte.

Am Ende des Tages war ich total geschafft.

Eine elektrische Eisenbahn, eine Armbanduhr, ein Buch und ein Essen mit einem traurigen Beigeschmack, das war die Komposition eines Weihnachtstages, an dem ich mich glücklicherweise im Kreise meiner Familie gut aufgehoben fühlte.

Mit der Gewissheit, einen schönen Weihnachtstag erlebt zu haben, bin ich schnell eingeschlafen.

Am 2. Weihnachtstag wanderten meine Eltern und ich durch die Ronsdorfer Anlagen, über Konrads-Wüste und durch das Murmelbachtal nach Heckinghausen, in die „kleine" Kleestraße, zu Oma Friedchen.

Dort hatten sich schon die Geschwister meines Vaters, Tante Lotte mit ihrem Mann, Tante Grete, Tante Hanna, Tante Magdalene und Onkel Hermann mit seiner Frau eingefunden.

48

Auch die Cousine Erika und die Vettern Rolf, Peter und Klaus waren gekommen.

Es war schön zu sehen, wie die Erwachsenen mit ihrer Mutter, die sie liebevoll „Mamma" nannten, umgingen.

Als der Tisch mit den Speisen gedeckt war und jeder etwas zu trinken hatte, wir Kinder bekamen Limonade, außer Rolf, der war schon etwas älter und durfte auch Bier trinken, begann das gemeinsame Speisen.

Ein besonderes Ereignis war es, als Onkel Fritz, Peters Vater, seinen Fotoapparat zur Hand nahm und uns mitteilte: „Jetzt mache ich eine Blitz-Aufnahme".

Ich konnte mir darunter natürlich nichts vorstellen.

Onkel Fritz hatte ein Blech, ca. 10 x 20 cm, welches rechtwinklig geknickt war. Unter der einen Hälfte befand sich in der Mitte des Blechs ein Loch, ein Feuerzeug welches durch das Loch im Blech den Zündfunken nach oben treiben sollte, war wie eine Pistole unter dem Blech befestigt. Auf das Blech wurde nun ein kleines Häufchen Pulver gegeben. Onkel Fritz nahm den Griff des Feuerzeugs und hielt diese Vorrichtung mit einer Hand über seinen Kopf, mit der anderen Hand bediente er den Foto-apparat.

Nach seinem Kommando: „Lächeln", löste er mit dem Feuerzeug die kleine Explosion des Pulvers aus und betätigte gleichzeitig, mit dem Blitz der Explosion, den Auslöser der Kamera. Das unsere Gesichter ganz schön erschreckt ausgesehen haben, konnten wir bei einem späteren Besuch bei Tante Lotte und Onkel Fritz und dem Betrachten der fertigen Bilder erkennen.

Am Abend ging ich mit meinen Eltern ein Stückchen die Werlestraße hinauf, und wir fuhren müde, aber glücklich, von der Haltestelle Werlestraße mit der Straßenbahn der Linie 4 bis zum Toelleturm.

Hier mussten wir umsteigen in die Straßenbahn der Linie 10. Mit ihr fuhren wir durch die Ronsdorfer Anlagen bis zur Haltestelle Kaiser-platz. Von dort aus waren wir in wenigen Minuten bei unserer Wohnung in der Lohsiepensraße 15 angekommen.

Im Schwarzwald

PAUL'S NEUE FAMILIE UND
EIN URLAUB MIT EINEM KÄFER„

Hallo, hallo Paul", hört er die Stimme des Lehrers wie ein Nebelhorn in seinen Traum dringen. „Kannst du mir vielleicht auf meine letzte Frage eine Antwort geben"? Was für eine Antwort, auf welche Frage? Paul erwacht aus seiner Zauberwelt mit hohen Bergen, tiefen Tälern, grünen Almen, dunklen Tannen und niedrigen Latschenkiefern. Eine Welt die er so noch nie erlebt hat. Er kennt sie nur von Postkarten oder aus Prospekten diverser Reiseveranstalter.

„Du hast wohl wieder geträumt" sagt der Lehrer und Paul ist zurück in der realen Welt. Nach der Schule kommen ihm aber immer wieder die Bilder seines Traumes in den Kopf. Wie gerne würde er einmal sozusagen "in echt" Ferien in den Bergen verleben. Wie kommt es, so fragt sich Paul, dass ich immer von den Alpen träume?

Die größte Inspiration für seine Träume sind mit Sicherheit die wenigen schwarz/weiß Fotos seines Vaters, der als Antifaschist in einem Strafbataillon der faschistischen Wehrmacht 1944 umgekommen ist, als Paul gerade einmal 2 Jahre alt war. Seine Mutter hat die Fotoalben immer sorgsam für ihn aufbewahrt.

Die große Faszination der Alpenlandschaften die seinen Vater ergriffen hatte, teilt Paul bereits ohne diese Landschaften bisher gesehen zu haben. Die Liebe zum Alpenland formt sich in seinem Inneren über die kleinen Bilder, die Postkarten und Prospekte zu einer scheinbar unerreichbaren Sehnsuchtsbild.

Pauls Mutter schlug sich wie viele ihrer Leidensgenossinnen mit ihrem Kind durch die bittere Nachkriegszeit. In dieser Zeit entdeckte sie eine neue Liebe zu Hans, einem Mann den sie bei den Wuppertaler Naturfreunden kennen gelernt hatte. Aus dem merkwürdigen „Onkel Hans" wurde im Jahre 1946 sein neuer Vater. Für Paul ist das wohl das größte Glück. Dieser Vater bereitet ihm eine Kindheit und Jugendzeit wie es wohl seinem leiblichen Vater auch nicht besser hätte gelingen können.

Gegenüber seinen Freunden und Mitschülern ist er immer voller Stolz wenn er von „seinem" Vater spricht.

Diese Veränderung in seinem jungen Leben hatte einschneidende Folgen. Plötzlich war er in einer großen Familie mit einer dritten Oma, mit Tanten, Onkeln, Vettern und Cousinen. Eine besondere Freundschaft entwickelte sich zu seinem Vetter Peter, dessen Mutter Liselotte, die später zu seiner erklärten Lieblingstante wurde, war eine Schwester seines neuen Vaters und sie war verheiratet mit seinem neuen Onkel Fritz, einem gelernten Tischler und aktiven Gewerkschafter. Onkel Fritz wurde nach einigen Jahren Sekretär bei der Gewerkschaft Holz und bekam einen Dienstwagen.

Dieses Auto wurde später zum Transportmittel in die Wunderwelt seiner Träume.

Paul war mit seinen Eltern zu einem Besuch bei Tante „Lotte" und Onkel Fritz. Peter, sein drei Jahre jüngerer Vetter, freute sich genau wie er. Peter hatte einen Naturwissenschaftlichen Experimentierkasten. Mit diesem Kasten konnten wunderbare Versuche durchgeführt werden. Paul fand es immer ganz besonders eindrucksvoll, wenn Salz in einem Löffel über dem Bunsenbrenner gehalten das abgedunkelte Zimmer in ein grün-blau phosphorizierendes Licht tauchte.

Groß war Pauls Begeisterung, dass der Besuch über Nacht andauerte. Schlafen durfte er dan-n im Wohn-zimmer auf dem Sofa. Tante Lotte schob zwei Sessel mit der Rückenlehne vor sein Lager damit er nicht herunter fallen konnte.

Nie in seinen Kinderjahren hatte je ein erwachsener Mensch Paul so als gleichberechtigten Menschen behandelt wie seine Tante „Lotte".

Das interessanteste aber waren die Bände von Wilhelm Busch die mit ihrer Gesamtausgabe von Onkel Fritzens Bücherregal auf ihn hinunter sahen. Wilhelm Busch und seine Geschichten von der fromme Helene, dem

Raaben Hans Huckebein, den beiden Hunden Plisch und Plum, von Fips dem Affen, bis zum Heiligen Antonius von Padua, hat Paul nie vergessen können. Vom Schicksal der Buben Max und Moritz ganz zu schweigen.

Als die Familie am nächsten Tag mit der Eisenbahn von Barmen zurück nach Ronsdorf fährt, fragen seine Eltern plötzlich: „Sag mal, was würdest du von einem gemeinsamen Urlaub mit Peter, Tante Lotte und Onkel Fritz halten?" „Fahren wir dann mit dem Auto?" fragt Paul als erstes um dann die Frage nach dem Reiseziel anzuhängen. „Wir haben an einen Campingurlaub am Bodensee gedacht.. Wunderbar denkt Paul und malt sich schon aus, wie das wohl sein wird.

Vater und Mutter unterhalten sich ab sofort bei jeder Gelegenheit sehr intensiv über die Vorbereitungen für diese Reise. Ein Zelt für drei Personen war vorhanden. Ein Überdach mit angehängtem Vordach musste noch genäht werden. Vater konnte entsprechende Menge von Industrienessel beschaffen. Das war bereits ein großer Aufwand, denn auch Tante, Onkel und Peter benötigten ein Überdach. Eine zusätzliche Aufgabe war die Herstellung von

Camping-Hockern. Diese wurden von den beiden Männern aus Schweißdraht und Leinen gefertigt. Stangen für die Vordächer und die Füße für einen Campingtisch mussten ebenfalls, wie Pauls Vater zu sagen pflegte, „organisiert" werden.

Die Benzin- und Petroleumkocher wurden ausprobiert, Töpfe, Pfannen, Geschirr und Bestecke bereit gelegt und die Kleidung auf ihre Funktionsfähigkeit überprüft und verpackt.

Und dann war es endlich so weit. Peter kam mit seinen Eltern in einem VW-Käfer an der Lohsiepenstraße 15 vorgefahren. Der Käfer war mit dem als Brezelfenster bezeichneten Rückfenster und einer geraden, nicht gewölbten, Frontscheibe versehen.

Dieses Auto sollte für die kommenden zwei Wochen das Transportmittel für zwei Familien mit vier Erwachsenen und zwei neun- und zwölfjährigen Kindern sein. Außerdem mussten zwei Zeltausrüstungen, Campingtische, Stühlchen bzw. Hocker, Geschirr, Kleider, Töpfe und Pfannen und natürlich eine Mindestmenge an Lebensmitteln unter-gebracht werden.

Als Paul die Riesenmenge des Gepäcks betrachtete, konnte er nicht glauben, dass das jemals in das Auto, welches einer „Sardinendose" glich, passen würde. Doch die beiden Männer waren wahre Weltmeister im verstauen aller großen und kleinen Gepäckstücke. Selbst hinter den Türverkleidungen fanden kleinere Teile noch einen Platz. Die abschliessende Aktion war die Unterbringung der Passagiere.

Auf der Rückbank musste Vater Hans, weil er der Schlankeste war, zwischen seiner Frau Thea und seiner Schwester Lieselotte sitzen. Auf dem Fahrersitz nahm Peters Vater Fritz Platz. Der Beifahrersitz wurde weit nach hinten geschoben, auf diesem plazierte sich Paul und zwischen seine Beine, sozusagen wie auf einem Motorrad, setzte sich Peter. Es stellte sich schnell heraus, dass dieser Platz nicht ganz ungefährlich war, denn bei manchen Bremsmanövern tickte Peter mit dem Kopf vor die gerade Frontscheibe.

Die Kinder haben das aber bald in den Griff bekommen, weil sie sehr aufmerksam den Fahrer ihres Transportmittels beobachteten und sich, wenn ein Bremsvorgang zu erwarten war, am Armaturenbrett abgestützt haben.

Paul war total glücklich, in einem richtigen Auto reisen zu dürfen. Sein Vater hatte zu dieser Zeit, um zu seiner Arbeitsstelle zu kommen, ein kleines Motorrad, eine so genannte „98er Miele". Paul war auch schon einige Male auf dem selbstgebastelten Sozius mitgefahren, aber bei Regen, Kälte und Wind war die Freude schnell verflogen.

Als alle Gegenstände, Lebensmittel und alle Personen im „Käfer" Platz gefunden hatten begann eine abenteuerliche Reise über Autobahnen, Bundes- und Landstraßen durch die schönen Landschaften zwischen Bergischem Land und dem Bodensee.

Zunächst verlief die Reise über die Autobahn, die in Wiesbaden zu Ende war. Ab hier fuhr Onkel Fritz mit seiner wertvollen Fracht über Bundes- und Landstraßen bis er wieder die Autobahn nach Mannheim und weiter nach Stuttgart erreichte. Von Stuttgart verlief die Fahrstrecke im wesentlichen über Landstraßen durch Kleinstädte und Dörfer über Tübingen, Reutlingen, Sigmaringen und Stockach nach Radolfzell am Untersee, einem Teil des Bodensees. Nicht weit von Radolfzell erreichten die Urlauber ihr Ziel, den Zeltplatz am Naturfreundehaus direkt am Seeufer in der Gemeinde Markelfingen.

Nun begann, unter interessierter Beobachtung der Bewohner des Platzes, das große Auspacken aus einem kleinen Auto. Als erstes wurden die zwei Zelte mit ihren Überdächern und Vor-

Am Bodensee

dächern so aufgebaut, dass eine wunderbare Terrasse zwischen den beiden Zelten entstand. Nachdem die Wohnungen sozusagen bezugsfertig waren, begann die Unterbringung der Lebensmittel und der Kleidung.

Die Schlafzimmerausstattung mit Luftmatratzen, Decken und Schlafsäcken war eine weitere Aufgabe, bei der Peter und Paul sich mit dem aufblasen der Matratzen beteiligten.

Zuletzt wurden Tischchen und Hocker aufgestellt, Wasser auf den Benzin- und Petroleumkochern zum Kochen gebracht und Tee aufgebrüht. Mit einer kleinen Zwischenmalzeit nahmen die beiden Familien ihre „Ferienwohnungen" in Besitz.

Dann kam die Zeit, welche Kinder überhaupt nicht mögen. Es sollte die erste Nacht im Zelt beginnen. Aber alle Proteste haben nichts genützt.Trainingsanzüge an und los in die Schlafsäcke. Da begann das große Drama „Der Tanz der Mücken" hieß das fürchterliche Stück. Die ersten Stiche und schon begann das Jucken und Kratzen. Die Eltern liefen, abgeschnittene Baumzweige als Wedel benutzend, auf dem Zeltplatz umher. In den Zelten wurden Räucherstäbchen zur Vertreibung der Mücken verbrannt. Der Rauch und der Geruch dieses Mittels war eine Tortur, die das Desaster der Mückenstiche nur unwesentlich milderte. Statt der Mückenstiche juckten jetzt die Augen und die Lungen glichen Räucherkammern.

 Schließlich war Paul aber doch eingeschlafen.

Am Morgen war die erste Entdeckung das schwarz gefärbte weiße Wachstischtuch auf dem Campingtisch. Die Eltern hatten am

Abend zwei brennende Kerzen auf dem Tisch stehen lassen, in deren Flammen unzählige Mücken bei ihrem Flug ins Licht den Tod fanden und ihre Überreste die Tischdecken schwarz färbten.

An einem wunderschönen Morgen hatte Tante Lotte ein Ruderboot gemietet mit dem sie, Peter und Paul ein kurzes Stück über den Gnadensee oder Markelfinger Winkel genannten Seitenarm des Untersees vom Campingplatz bis in den Schilfgürtel der Halbinsel Mettnau, einer Vogelschutzinsel ruderten. Mit absoluter Ruhe und Geduld konnten sie eine große Anzahl von Wildenten, Blesshühnern und Schwänen beobachten. Heute ist ein großer Teil der Halbinsel von März bis Oktober zum Schutz der Vögel für Besucher gesperrt und die angrenzenden Wasserflächen dürfen nicht mit Wasserfahrzeugen jedweder Art befahren werden. Diese Bestimmungen waren Anfang der 50er Jahre des 20. Jahrhunderts noch nicht erlassen.

Paul und sein Vetter erkundeten auf der Rückfahrt vom Ruderboot aus, mit den mitgenommenen Taucherbrillen, den mit Kiesel bedeckten Boden des flachen Gewässers, auf dem sie auch die eine oder andere Muschel fanden.

Diese Tour war ein abenteuerliches Erlebnis für die beiden Kinder. Erst am Abend, nach dem Essen, meldete sich die Erinnerung an die vergangene Nacht und die Invasion der Mücken.

Heute wurden die Räucherstäbchen schon frühzeitig in Brand gesteckt um die Zelte gründlich von der Plage zu befreien. Je länger die Ferien dauerten um so besser gewöhnte sich Paul an das abendliche Ritual mit der aufwändigen Mückenvertreibung.

An einem der nächsten Tage unternahm die Zeltgemeinschaft einen Ausflug nach Bodman am Überlinger See. Hier beobachtete Paul ein Ruderboot, in dem ein Junge und ein älterer Mann damit beschäftigt waren, ein Fischnetz aus dem See in das Boot zu zerren. Als das Boot einen großen Halbkreis gezogen hatte und das Netz offensichtlich eingeholt war, näherte es sich der Kaimauer, legte an und die beiden Insassen verließen, mit zwei großen Kübeln, in denen sich die aus dem Netz geholten Fische befanden, das Boot.

Onkel Fritz und Pauls Vater fragten den Fischer, ob dieser ihnen ein paar Fische verkaufen würde. „Selbstverständlich" lautete die Antwort „gehen sie mit zu unserem Schuppen, da werden wir ihnen die Fische noch ausnehmen". Die kurze Wartezeit verbrachten Peter und Paul mit dem Sohn des Fischers, welcher den Beiden zeigte, wie die auf den Boden gelegte Blase der Fische durch einen kräftigen Tritt als Knallerbse verwendet werden kann.

Die Fische waren ausgenommen, in Zeitungspapier verpackt und bezahlt. Nun ging es in rascher Fahrt zum Campingplatz und nach nicht einmal 30 Minuten waren die Fische, in diesem Falle Bodenseefelchen, in der Pfanne.

Paul der eigentlich Fisch nicht mochte, war so begeistert, dass seine Abneigung gegen Fisch sich in eine Zuneigung steigerte, infolge der er im Laufe seines Lebens manchmal einer bedrohlichen Eiweißvergiftung nur knapp entging.

Nach einer Woche entschließen sich die beiden Elternpaare, mit dem Auto einen Besuch in der Schweiz durchzuführen. Über die Grenze, die mitten durch Konstanz führt, erreichen die Urlauber das Schweizer Ufer des Bodensees. Weiter fahren sie in Richtung der hohen Berge mit dem markanten Gipfelstock des Säntis.

In einem kleinen Geschäft auf dem Weg zurück wird mächtig eingekauft. Kaffee, Zigaretten und vor allem anderen, Schokolade.

Die interessanteste Form ist eine dreieckige Schokolade, die an eine Zahnstange der Schweizer Eisenbahn erinnert. Nach dem Einkauf meldet sich Pauls Mutter mit ihren Bedenken bezüglich, der Zollbestimmungen für die eingekauften Artikel. Die Männer beruhigen sie, lösen die Innenverkleidungen der Türen und verpacken die Schokolade und den Kaffee nebst Zigaretten in die Hohlräume der Türen, befestigen die Verkleidungen derselben und schon geht die Reise weiter.

Als Paul seine Mutter gerade fragen will, warum sie plötzlich so schweigsam ist, hält Onkel Fritz schon neben einem Grenzbeamten. Auf die Frage, ob etwas zu verzollen sei, kam die lockere Antwort: „Nein". „Dann wünsche ich Ihnen noch schöne Urlaubstage", sagt der freundliche Beamte und Onkel Fritz fährt ruhig weiter.

Kaum aus der Hörweite der Zöllner, ruft Pauls Mutter „hätten wir doch nur mehr mitgenommen".

Ihre ursprüngliche Angst vor Entdeckung war

in den unergründlichen Tiefen ihres Unterbewusstseins versunken.

Nach kurzer Fahrt erreichten die „Schmuggler" den Campingplatz. Als die Schokolade hinter den Türverkleidungen des VW ausgeräumt werden sollte, war diese in der sommerlichen Hitze total geschmolzen. Als Pauls Vater eine Tafel heraushob, hing die flüssige Schokolade wie eine Kugel in der Verpackung. Die so verformten Süßigkeiten wurden im kühlen See gelagert, bis sie erhärtet waren. Der Geschmack war danach besonders köstlich.

Nach wunderbaren 10 Tagen am Bodensee begann die mehrtägige Heimreise. Mehrtägig, das war geplant. Die erste Etappe führte die Urlauber in den Südschwarzwald, in die Nähe des Ortes Sankt. Blasien, nicht weit vom Schluchsee entfernt. Auf der Wiese eines stattlichen Schwarzwälder Bauernhofes wurden die Zelte aufgebaut. Am Nachmittag wanderte die ganze Familie mit Säckchen und Milchkannen in die Wälder in der Nähe ihres Zeltplatzes.

Waldbeeren und Pfifferlinge waren die bevorzugten Objekte, wenn es galt die Zutaten für das Essen zu sammeln.

An einer Genossenschaftlichen Sammelstelle erkannte Paul eine große Halde aus Waldbeeren. Hier wurden, wie er von der freundlichen Bäuerin später erfuhr, die Waldbeeren von bezahlten Sammlerinnen und Sammlern an kommerzielle Unternehmen geliefert und von diesen für die industrielle Fertigung an Marmeladefabriken verkauft.

Um so große Mengen von Beeren schnell zusammen zu bringen, wurde die, heute Gottlob verbotene, Methode des „Kämmens", angewendet. Mit großzinkigen Kämmen wurden die Sträucher der Beeren gekämmt, auf diese Weise konnten die Beeren sehr schnell gesammelt werden. Der Nachteil, die Sträucher wurden zum Teil extrem beschädigt, so dass in den folgenden Jahren die Erträge immer geringer wurden. Pauls sich überstürzende Gedanken des Erlebten kamen erst mit dem Geruch von gebratenen Eiern und Pfifferlingen zur Ruhe.

Es war immer wieder erstaunlich, was die Eltern auf den kleinen Campingkochern zubereiteten.

Am folgenden Tag wurde ein Ausflug zum Schluchsee durchgeführt. Es ist der größte See des Schwarzwaldes. Paul war beeindruckt von der Größe des Sees, aber die dunklen Tannen

versetzten ihn in eine finstere Stimmung, die
erst ein wenig nachließ als er feststellte, dass
eine Autobuslinie den Schluchsee mit dem
Bodensee verband. Also, dachte er, auch ohne
ein Auto zu besitzen, können Menschen von
hier aus den Bodensee und umgekehrt von dort
aus den Schluchsee erreichen.

Nach einem Abschiedsfoto verließ am folgenden Tag die sechsköpfige Campingfamilie den
gastlichen Bauernhof.

vl. Paul, Peter, Bäuerin mit Enkelin, Tante Lotte,
Pauls Eltern

Auf der Fahrt nach Norden besuchten die
Urlauber das Städtchen Bensheim a. d.
Bergstraße. Von dort verlief die Fahrt eine
geraume Weile am Ufer des Rheins entlang.
Zwischen Worms, Bingen und Koblenz wurden

ausgiebige Pausen eingelegt, so dass der treue „Käfer" erst spät am Abend wieder in Wuppertal vor Anker gehen konnte.

Peter und Paul, die beiden Vettern; waren sich einig: „Das war eine ganz tolle Urlaubsfahrt." Übrigens, eine solche Fahrt wäre mit den heutigen Sicherheitsvorschriften völlig undenkbar. Eigentlich schade.

Alons Senefelder

Erfinder der Lithographie und der chemischen Druckerey.

LEHRZEIT

In der Zeit, als ich mit einigen Wuppertaler Ausbildungskollegen in den Jahren 1956/57 abendliche Druckkurse an der Werkkunstschule belegt hatte, bekamen wir eines Abends

Besuch in der Schule. Ein stattlicher Mann mit mächtiger Mähne, einem farbverschmierten Kittel und diversen Hilfsmitteln, wie Kreide, Tusche und einer großen Mappe in seinen Händen, betrat den Raum der Werkstatt, in dem die Kniehebelpresse für den Steindruck stand.

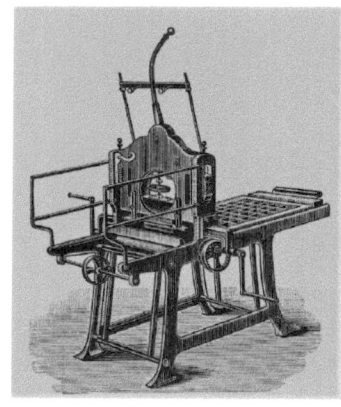

Der Kursleiter stellte uns angehenden Druckern den Künstler Wilfried Reckewitz vor. Er erklärte, dass dieser an diesem Tag zum ersten Male eine Lithographie erstellen wollte.

Kniehebelpresse

„Wenn Herr Reckewitz sein Bild auf den Lithographiestein aufgetragen hat, möchte ich euch bitten dieses Bild zu fixieren und den Stein für den Druck vorzubereiten". Sofort nach diesen Worten begannen wir jungen Männer mit unserer Hilfe. Weil der Künstler gesagt hatte, dass er mit Kreide arbeiten möchte wurde ein Stein mit gekörnter Oberfläche ausgesucht und dieser mit vereinten Kräften auf den Wagen

70

der Presse gehoben. Reckewitz begann mit lockerer Hand eine großzügige Wüsten-Landschaft zu gestalten. Im Verlauf des Abends berichtete er, dass die Bilder zur Illustration eines Buches über die Geschichte des Christentums dienen sollten. Als der Abend endete, war ich, wie viele meiner Kollegen, sehr neugierig auf den nächsten Abend in der Werkkunstschule.

Beim folgenden Kursabend konnte ich den ersten Kontakt mit dem in Barmen geborenen Künstler Wilfried Reckewitz vertiefen. Ich habe an diesem Abend mit meinen Kollegen die erste Lithographie des Künstlers für den Druck vorbereitet. In unserem Kurs „Steindruck" wurde das auf Solnhofener Kalkstein gemalte Bild fixiert. Ein besonderes Erlebnis erwartete uns beim Druck der Bilder auf der alten Kniehebelpresse.

Nachdem ich den Lithographiestein mit Schwamm und Wischtuch angefeuchtet und die Farbe aufgewalzt hatte, geschah es, dass beim Ablegen des Schwammes irrtümlich einige Wassertropfen auf die Oberfläche des Druckbildes spritzen. Bevor ich diese mit dem Wischtuch wegwischen konnte, rief Reckewitz:

„Halt, Halt, das ist ja eine tolle Überraschung" und ganz aufgeregt: „Wenn wir jetzt den Druck vornehmen, sind die Tropfen dann auch zu sehen"? „Klar" sagte ich und dachte nach meinem Selbstverständnis als angehender Drucker, kann das Ergebnis nur Makulatur sein. Trotzdem, ich druckte einen Bogen mit den Wassertropfen. Als ich diesen aus der Presse hob jubelte der Künstler bei dessen Anblick über die zufälligen Abbildungen der Tropfen. „Das machen wir jetzt bei jedem weiteren Druck" rief Wilfried Reckewitz, „jeder Abzug zeigt ein anderes, zufälliges Abbild der Tropfen". Reckewitz war völlig aus dem Häuschen und erklärte: „Durch dieses Verfahren wird jeder Abzug zum Original". Die Euphorie des Künstlers kam mir damals sehr ungewöhnlich vor.

Zwei berufliche Welten trafen an diesem Tag aufeinander. Hier die kreative Denke eines Künstlers und auf der anderen Seite der Anspruch der Facharbeiter, dass jeder Druckbogen gleich auszusehen hat. Diesem Anspruch und meiner Unwissenheit war es dann offensichtlich auch geschuldet, dass ich dummerweise das Angebot des Künstlers; mir je einen

Abzug seiner Bilder mitzunehmen, ausge-
schlagen habe.

Heute wäre ich stolz einen echten „Reckewitz"
mein Eigen zu nennen. Nicht oft ist mir in
späteren Jahren so deutlich geworden warum
diese Zeit „Lehrzeit" genannt wird.

Der oben geschilderte erste Kontakt mit der
bildenden Kunst und dem Künstler Wilfried
Reckewitz war der Beginn einer zwar unregel-
mäßigen jedoch stetig sich entwickelnden
Liebe, in der ich mit großer Freude die Wunder
der Kunst erleben konnte und immer noch
kann. In der Folge wurde das Gefühl, das mein
Leben durch die Kunst immer reicher wird, zu
einem unverzichtbaren Bestandteil meines
Ichs.

Am Ende dieses Abends eilte ich zielstrebig von
der Sedanstraße in Richtung des Heizkraft-
werkes, dessen Schornstein sich über der
Talstation der Barmer Bergbahn erhob. Als die
Bahn, von oben kommend, in der Station von
der Talfahrtseite mit einer Schiebebühne auf die
Bergfahrtseite verschoben war, begab ich mich
mit den übrigen Fahrgästen in den Wagen. Ich
freute mich über den Wagen mit offenen
Führerständen und über die außen am Wagen

entlang angebrachten Trittbretter, auf denen sich der Fahrkartenkontrolleur, kurz Schaffner genannt, entlang hangelte um seine Kontrollen vorzunehmen.

Auf dem hinteren nicht besetzten offenen Führerstand gönnten sich bei gutem Wetter die Raucher den Genuss einer Zigarette. Am Ende der gemächlichen Fahrt durch die Barmer Anlagen wurde die Station Tolleturm erreicht.

Das Umsteigen von der Bergbahn in die Linie 10 der Straßenbahn war eine bequeme Sache, musste man doch nur von der einen auf die andere Seite des Bahnsteigs wechseln.

Der Straßenbahnzug dieser Linie bestand aus einem Motorwagen und einem Anhänger, in dem das Rauchen erlaubt war. Als die Bahn abgefahren war entdecke ich meinen ehemaligen Mitschüler Horst, der ebenfalls in den Anhänger eingestiegen war. Wir begrüßten uns, dann zog Horst eine Schachtel Zigaretten aus der Tasche, öffnete diese, entnahm ihr eine Zigarette und bot auch mir eine an.

Ich hatte, außer Pfefferminztee vom Straßenrand in der Tonpfeife eines Weckmanns, noch nie geraucht. Das wollte ich aber nicht zugeben, und ich ergriff beherzt den angebotenen

Glimmstengel. Nachdem Horst seine Zigarette angezündet hatte, reichte er mir das nach Benzin riechende Sturmfeuerzeug. Ich raffte meinen ganzen Mut zusammen, nahm das Feuerzeug, entzünde es, hielt es an die Zigarette und nahm einen Zug.

Das Ergebnis war durchschlagend, ich krächzte und hustete, und mir war als ob ich nie wieder normal atmen könnte. „Was ist los" fragte Horst mit einem Grinsen. Ich antwortete mit schwacher Stimme, „ich weiß nicht, ich glaub ich hab mich verschluckt".

Schmunzelnd fragte Horst: „Ist das deine erste Zigarette"? „Ja" sagte ich, „aber ich werde es schon noch lernen". Damit war das Thema abgeschlossen und wir beiden Schulfreunde unterhielten uns angeregt über Gott und die Welt. Die Zigarette war zu Ende geraucht und die Haltestelle Kaiserplatz erreicht. Ich verabschiedete mich von Horst, schwang mich aus der Bahn und muss mich sofort, wegen einer sehr unangenehmen Übelkeit, auf eine Bank setzen.

Erst nach einer geraumen Zeit, als ich mich etwas besser fühlte, wanderte ich durch die Ronsdorfer Anlagen meiner elterlichen Wohnung zu. Ich zupfte junge Buchenblätter von den Bäumen, pflücke am Wiesenrand etwas Sauerampfer und kaute auf diesem Grünzeug herum. Ich wollte verhindern, dass meine Eltern den Rauch des Tabaks bemerkten.

Als ich schon glaubte, dass es mir gelungen war mein Rauchabenteuer zu verheimlichen, hörte ich plötzlich wie mein Vater mich, ohne eine Miene zu verziehen, fragte:

„Hat es geschmeckt"? - „Was meinst du"? - War mein letzte Versuch, aus der Zwickmühle heraus zu kommen. Mein Vater schimpfte nicht mit mir. Mit lächelndem Gesicht aber ernster Stimme erzählte er mir von seiner eigenen Nikotinsucht und schilderte mir die schädlichen Folgen des Rauchens.

Nach der erfolgreichen Gesellenprüfung arbeitete ich, nach meiner Ausbildungszeit, als Offsetdrucker in einer Druckerei in

Kleinoffsetmaschine "Favorit"

Wuppertal, in der vorwiegend Weinetiketten gedruckt wurden.

In dieser Zeit war der überwiegende Teil der Arbeiter in der Druckindustrie traditionell stark in der Gewerkschaft organisiert.

Im Jahr 1959 berichtete ein Kollege in einer Versammlung von einer Firma in Wuppertal Unterbarmen, in der ein Drucker gesucht wurde.

Ich informierte mich im Gewerkschaftsbüro über die Firma. Der Sekretär der Gewerkschaft gab mir die Adresse des Vertrauensmannes und forderte mich auf, mich bei diesem zu informieren.

Nach telefonischer Absprache traf ich mich mit dem Kollegen Lothar in dessen Wohnung in Oberbarmen. Lothar öffnete die Wohnungstür und bat mich mit einem freundlichen „komm rein" in die Wohnung. Nach kurzer Zeit drehte sich das Gespräch zwischen mir und dem erfahrenen Kollegen um die Eigenarten und Regeln in der Firma, um die Kollegen und um Rechte und Pflichten.

Lothars abschließende Worte sind mir bis heute im Gedächtnis. Er sagte: „Das wichtigste in der Firma ist die Solidarität unter den Kolleginnen und Kollegen. Nur gemeinsam haben wir die Kraft, unsere Rechte durchzusetzen. Die solidarische Erfüllung unserer Aufgaben ist Voraussetzung und Grundlage unserer Rechte". Ich konnte nach der Vorstellung im Büro des Chefs in der Firma als Drucker anfangen. Die folgende Zeit mit meinen neuen Kollegen war eine Station in meinem Leben die einen nachhaltigen Einfluss auf mein Wesen hatte.- Der Zusammenhalt, die Hilfsbereitschaft und die Freundschaft in dieser Gemeinschaft bestimmten auch meine weitere berufliche und persönliche Zukunft. 1960 war es als ein junger Kollege, der ein Jahr zuvor als Drucker in die Schweiz gezogen war, während eines Kurzurlaubs in die Gewerkschaftsversammlung kam. Bei ihm erkundigte ich mich wie er die Arbeitsstelle in der Schweiz bekommen hatte. Nach den ausführlichen Informationen des Kollegen bewarb ich mich bei einer namhaften Schweizer Druckerei und konnte mit großer Freude einen Arbeitsvertrag unterzeichnen, der mich Anfang 1961 für ein ganzes Jahr in die Schweiz, nach Zofingen in den Kanton Aargau, führte. Die Erlebnisse meiner Wuppertaler Zeit, die Freundschaft mit Kollegen und die Erfahrungen in der Schweiz gehören untrennbar zu meiner „Lehrzeit".

SOLIDARITÄT

An einem dunklen, ungemütlichen, grauen Novembertag überraschte mich, bei einem Spaziergang, eine prasselnde Regenschauer. Nach Hause kommend, triefend nass von wasserfallartigem Regen, entledige ich mich der nassen Kleider und begebe mich unter die Strahlen einer warmen Dusche, anschließend, nachdem ich mich mit warmen Tüchern abgetrocknet hatte, entspannte ich mich voller Genuss, in meiner warmen Wohnung, mit guter Brotzeit und einem Glas Wein gebe ich mich zufrieden dem Wohlsein hin.

Informationen suchend zippe ich durch die Fernseh-kanäle, doch in vielen Bildern, überfallen mich schreckliche Nachrichten, über Krankheit, Armut, Einsamkeit und soziales Elend. In Magazinen und Zeitungen werden Journalisten zu Berichterstattern über Kriege, Flüchtlinge, Rassenhass und Obdachlosigkeit. Die Menschlichkeit ertrinkt in Dokumenten von Hass und Gewalt. In grausamen Statistiken mit namenlosen, traurigen Kolonnen, bewegen sich die registrierten Opfer auf Leitern die im Nichts kalter Diagramme verschwinden, als hätte es sie nie gegeben.

Nach all diesen schrecklichen Berichten und Nachrichten überfallen mich quälende Gedanken. Wütend und traurig drängt es mich, die Hilflosigkeit die ich empfinde, von einem weiteren Spaziergang durch den Regen, hinweg spülen zu lassen.

Mein Kopf fragt aber sehr schnell, ob durch ein Spaziergang im Regen, den betroffenen Menschen geholfen wird. Als ich darüber nachdenke, erinnere ich mich an mein bisheriges Leben, und dass ich es in zwei Abschnitte einteilen möchte.

In meinem „ersten" Leben, als Kind im Faschismus.

Nach dem unsäglichen Krieg habe ich schon sehr früh erfahren, wie Armut und Hunger sich anfühlen und wie Not die Menschen verändert, wenn der eigene Vater nicht überlebt, wenn das Leben zusammenstürzt, und wie im Krieg aus Menschen sehr oft Unmenschen werden.

In meiner Kindheit und Jugend habe ich die Kälte gespürt und den Regen und ich habe gelernt, habe alles geprüft und verglichen. Trotzdem ist mir nach meiner Berufsausbildung und der sich anschließenden gefühlten ökonomischen Unabhängigkeit, sozusagen am Beginn meines „zweiten" Lebens, manches aus dem ersten Leben nicht im Gedächtnis geblieben.

Die Hilfe und Solidarität die meine Mutter und ich erfahren haben, habe ich jedoch nie vergessen, es ist in meiner Erinnerung eingebrannt, wie unser Nachbar, als ich Hunger hatte, ein Stück Brot zu uns gebracht hat. Es ist sicherlich nicht übertrieben wenn ich behaupte, dass meine Kindheit ohne die Solidarität, von Freunden und Nachbarn sehr unglücklich verlaufen wäre.

Warum schimpfe ich heute über den kalten Regen, ohne Angst vor der Obdachlosigkeit? Es geht mir gut, ich habe Essen und Kleidung, eine Wohnung in der es schön warm ist, ich lebe nicht auf der Straße. Und doch, oder gerade deswegen, fühle ich mit den Kranken, den Hungernden, den Arbeitslosen, den Obdachlosen und den Flüchtlingen, darum habe ich mich entschlossen für eine solidarische Gesellschaft einzutreten. So gut ich kann, will ich helfen, der Solidarität, diesem wichtigen Grundsatz der Menschlichkeit, gerecht zu werden. Wegen meines Lebens in vermeintlich gepolsterter Sicherheit, werde ich heute immer wieder gefragt, ob ich nicht nur ein Lügner sei, der nur solidarisch ist, weil er sein schlechtes Gewissen beruhigen will.

Ja, manchmal, wenn ich, wie schon geschildert, aus strömendem Regen, in meine trockene, warme, Wohnung komme, mahnt mein Gewissen mich, darüber nach zu denken was ich tun kann und dann erwachen in meinem Kopf immer dieselben Fragen:

- Hilft es dem Wohnungslosen wenn ich obdachlos bin?
- Muss ich hungern, um den Hungrigen zu helfen?
- Was haben Flüchtlinge davon, wenn ich flüchte?
- Welcher Moralist kann mir Gründe nennen, warum ich nicht solidarisch sein soll?

GEDANKEN, NACHDENKEN, ÜBERDENKEN.

Als ich darüber nachdachte, wie viele Gedanken wir Menschen im Verlauf unseres Lebens schon gedacht haben, entstand in meinem Kopf die nicht zu verdrän-gende Frage, was mit diesen unzähligen Gedanken geschehen ist, sind sie womöglich in der riesigen Abfalltonne der Geschichte unwiederbringlich ver-schwunden, oder haben sie sich nur versteckt, um zu gegebener Zeit wieder aufzutauchen und sich in die Gestaltung der Zukunft einzumischen.

Ich bin davon überzeugt, dass Gedanken, weil sie so vielschichtig und in ihrer Gestalt und Wirkung sehr unterschiedlich sind, sorgfältig sortiert werden müssen. Konkret gesagt, es gibt wichtige und unwichtige, liebe und böse, glückliche und traurige, mutige und feige und noch viele andere Gedanken, dabei misst jeder Mensch seinen eigenen Gedanken eine ganz besondere Bedeu-tung bei. Er wird das Sortieren der Gedanken selbstverständlich nicht objektiv vornehmen können.

Damit aber eine einigermaßen schlüssige Struktur in die Bearbeitung kommt, folgende Überlegungen bzw. Vorschläge: Weil ich mir darüber im klaren bin, dass Gedanken immer das Ergebnis sehr subjektiver Kopfarbeit ihrer jeweiligen Produzenten ist, mache ich den Vorschlag, um den Gehalt unserer Gedanken nicht in der Mülltonne der Geschichte verfaulen zu lassen, diese zunächst einmal folgendermaßen zu sortieren.

Zuerst sollten wir die Gedanken, die uns besonders lieb und wichtig sind und von denen wir glauben, dass ohne sie unser Seelenleben wie der Schnee in der Sonne dahin schmelzen würde, zwar nicht in Jahrtausend alter Keilschrift schreiben, aber sie wie kostbare Keramik brennen, um sie für alle Zeit zu konservieren.

Zweitens schlage ich vor, die für unsere physische Existenz notwendigen Gedanken in unzerstörbare Tagebücher zu schreiben um dann, wenn es nötig ist, auf ihre existentiellen Wahrheiten und Informationen zurück-greifen zu können.

Zum dritten fordere ich dazu auf, dass wir unsere bösen und hässlichen Gedanken unwiderruflich in der großen Müllverbrennung des Vergessens auf ewige Zeit aus unserem Leben verschwinden lassen.

Vorwiegend fallen mir dabei die Gedanken an Krieg, Waffen, Diktatur, Gewalt, Folter, Unterdrückung, Grausamkeit, Unmenschlichkeit, Profit, Gewinn und Gier ein.

Bei der Sortierung könnten wir, neben der Keramik auch Skulpturen, Schnitzereien oder Gemälde als Synonyme für unsere Gedanken verwenden.

Ich denke die Hauptsache ist, neben der Vernichtung der bösen und hässlichen Gedanken, dass die guten und schönen Gedanken über unser Leben hinaus erhalten bleiben.

Wer nicht daran glaubt, dass eine solche Vorgehensweise möglich ist, wird in Zukunft zwar trotzdem seine besonders lieben Gedanken haben, die aber auf lange Sicht, wenn er sie nicht vergisst, spätestens mit seinem Tot leider sterben werden. Auch seine existentiellen Gedanken werden ihm, wenn er sie nicht sortiert und konserviert hat, ziemlich sicher, dann wenn er sie benötigt, nicht zur Verfügung stehen.

Das beste Ergebnis der vorgeschlagenen Sortieraktion wird aber die Vernichtung unserer bösen und hässlichen Gedanken sein. Eine Welt ohne Krieg, Waffen, Diktatur, Gewalt, Folter, Unterdrückung, Grausamkeit, Unmenschlichkeit, Gewinn, Profit und Gier, wäre wahrhaft menschlich.

Das schönste und glücklichste jedoch, sozusagen unsere „Keilschrift" werden die kostbaren zu Keramik gebrannten Gedanken sein.

Ob wir traurig, glücklich, zuversichtlich oder enttäuscht sind, immer haben wir unsere Keramiken, die unsere Trauer erleichtern, mit denen wir unser Glück teilen und unsere Enttäuschung in Zuversicht verwandeln.

Wir können außerdem unsere kostbaren Gedanken, also die, die zu Keramik gebrannt, manchmal richtige Kunstwerke sind, öffentlich ausstellen, damit jeder Interessierte sich über sie informieren und wenn es gut geht, an ihnen teilhaben kann.

Es besteht noch eine weitere Möglichkeit. Wenn die Keramiken alt oder zerbrochen sind, können wir sie mit Zuversicht und Mut zu neuen Gedanken zusammen setzen.

Die Splitter unserer Gedanken bilden sozusagen die Grundlage für neue, und nach dem Prinzip der Dialektik, höherwertige Gedanken. Die gebrannten Gedanken sind unsere Thesen, die zerbrochenen Gedanken sind sozusagen die

Antithesen und die daraus entstehenden neuen, höherwertigen Gedanken bilden die Synthesen.

Ich will nicht versäumen zu bemerken, dass die Gestalt, also die Synthese, der neu zusammengesetzten Gedanken zu einem späteren Zeitpunkt zur These einer weiteren Entwicklung werden und sich durchaus zu einer ganz anderen neuen Zukunft entwickeln können.

GENERATIONENVERTRAG

Still, bewegungslos, mit ausdruckslosem Blick steht der 20 jährige arbeitslose Thomas Jung in der Nähe des Eingangsbereichs eines Kaufhauses. Zeitungen mit dem Titel „Hartz IV Echo" in seiner linken Armbeuge, er bietet sie nicht offensiv an.

Die ganze Situation scheint ihm sehr unangenehm zu sein. Die meisten der durch die Einkaufszone eilenden Menschen nehmen, nach meinem Eindruck, den einsam wirkenden Zeitungsverkäufer nicht zur Kenntnis.

Felix Alt, ein sechsundfünfzig jähriger Drucker nähert sich dem jungen Mann und spricht ihn an: „Was ist das für eine Zeitung", fragt er. Etwas verlegen erklärt ihm der Junge, dass es sich um eine Publikation von arbeitslosen Menschen handelt und dass er, als Verkäufer, 50 Cent vom Verkaufspreis von 2 Euro, behalten darf. Felix Alt greift zur Geldbörse, nimmt 2 Euro und kauft ein „Hartz IV Echo".

Er steckt die Zeitung ein und will wissen, wie lange sein Gesprächspartner schon an dieser Stelle steht. „Wie spät ist es, ich habe keine Uhr", sagt Thomas. „Jetzt ist es 14 Uhr" antwortet Felix nach einem Blick auf seine Armbanduhr. „Um 7:30 Uhr habe ich die Zeitungen im Arbeitslosenzentrum abgeholt und bin hierher gekommen".

„Länger als sechs Stunden, hast du denn keinen Hunger", fragt Felix und beantwortet sich die Frage selbst. „Du musst Hunger haben, komm wir setzen uns zu einem Getränk und Brötchen in ein Café, ich lade dich ein. Keine falsche Bescheidenheit, du musst mir von deinem Leben berichten".

„Aber brauchst du dein Geld nicht für dein eigenes Leben?", fragt Thomas erstaunt.

„Ich bin nicht reich, aber glaub mir, wenn ich dich einlade, dann kann ich das auch bezahlen". Mit einem Gesichtsausdruck, gepaart aus Skepsis, Unverständnis, Überraschung und einem kleinen Funken Freude, reagiert Thomas:

„Hey Alter, ich sehe dich heute zum ersten mal, ich kenne dich nicht, warum bist du so nett zu mir"? „Gut, auf diese Frage hast du eine ehrliche Antwort verdient", antwortet Felix und setzt hinzu, „wenn wir unseren kleinen Imbiss zu uns nehmen, werde ich dir etwas von mir erzählen".

Nachdem Felix und Thomas im Café einen Tisch gefunden und belegte Brote und Kaffee bestellt haben, setzen sie ihr Gespräch fort.

Felix kommt auf die Frage, warum er Thomas so behandelt wie er es tut, zurück und sagt: „Schau, ich interessiere mich für die Menschen, ich will ihre Lebensumstände, ihre Ängste, ihre Wünsche und Träume kennen lernen. Ich stelle mir vor, wir sind Teil eines Regenbogens, der die Welt umspannt das Bild mit seinen Farben zeigt Vielfältigkeit in der Einheit. Wenn du das verstehst , wirst du mich auch verstehen".

Die Skepsis über das was Thomas hört ist ihm deutlich anzumerken. Er holt tief Luft und platzt heraus: „Mit der von mir empfundenen Realität hat das, was du beschreibst, aber mal gar nichts zu tun. Die Älteren besetzen unsere Arbeitsplätze, arbeiten bis nichts mehr geht und wir sitzen ohne Job auf der Straße. Hallo, ich glaube es wird langsam Zeit, dass die Alten die Jungen verstehen".

„Du hast recht", sagt Felix, „aus der Gesellschaft ausgeschlossen zu sein, das erfährst du gerade sehr schmerzlich, aber die Furcht ebenfalls ausgeschlossen zu werden verführt die Älteren dazu, sich genau so zu verhalten wie du es geschildert hast.

Das Problem ist aber keines von Alt und Jung, das Gegeneinander wird keine Lösung bringen. Nur zusammen können die Menschen ein menschenwürdiges Leben erreichen, darum ist ein Generationenvertrag, der in den Köpfen der Menschen verankert ist, eine sinnvolle Alternative". Felix beendet seine Erklärung und beobachtet wie Thomas auf das Gehörte reagiert.

Nach einer nachdenklichen Pause, in der man förmlich sehen kann wie die Gedanken durch den Kopf des jungen Freundes fliegen, dringt es zögerlich aus seinem Mund: „Wenn das stimmt was du sagst, - und ich glaube mittlerweile -, dass es stimmt, müssen wir lernen, die Gemeinsamkeiten von Jung und Alt zu berücksichtigen, dann kann eine Zukunft entstehen in der erkennbar wird, dass die Alten nicht auf Kosten der Jungen leben, und wie die Jungen die Hilfe leisten, die sie selbst im Alter erwarten".

An dieser Stelle erwache ich und mein spannender Traum ist beendet. Beim Frühstück nehme ich mir vor, der geträumten Utopie ein Stückchen näher zu rücken. Ich kaufe mir in der Mittagspause die Zeitung „Harz IV Echo".

FELIX UND DIE WEISE SONJA

Felix wohnte mit seinen Eltern abseits der sogenannten Zivilisation, tief in einem großen Wald.

Als er sich für ausgewachsen hielt, meinte er, er habe von seinen Eltern genug gelernt. Er entschloss sich zu wandern, in die Welt hinaus, um selbige zu erforschen.

Mit jugendlichem Mut sowie jeweils einem Stück Brot und Wurst ausgestattet, machte er sich auf den Weg, freilich nicht ohne Sonja, seine Schäferhündin, seit je her seine beste Freundin.

Früh am Morgen schnürte Felix sein Bündel, legte einen Abschiedsbrief für die Eltern auf den Küchentisch, begab sich in den Hof und band Sonja von der Leine; die Beiden machten sich frohen Mutes auf den Weg, die unbekannte Welt zu entdecken. Voller Mut und Zuversicht schritten sie der Sonne entgegen.

Nach einigen Stunden erreichten sie eine Straße und sahen auf dieser einen rot und weiß angestrichenen Baumstamm, der auf zwei Ständern lag und sie versperrte.

Ein uniformierter Mann fragte sie, von wo sie kämen und wohin sie wollten. Felix wunderte sich, dass die Straße abgesperrt war, und er fragte den Mann nach dem Grund. Der Mann erklärte, dass das Land hinter dem „Schlagbaum" Privatbesitz sei.

Felix reagierte verstört; dass die Erde oder Teile davon verschiedenen Besitzern gehörte, hatte er nicht gewusst. Er fragte den uniformierten Grenzbeamten, denn ein solcher war es, von wem die jetzigen Besitzer das Land erhalten hätten.

Der Grenzbeamte krauste die Stirn und es war deutlich zu sehen, dass die Frage ihn in Verlegenheit brachte. Trotz allen Grübelns wollte ihm keine Antwort einfallen. Das ärgerte ihn. Deshalb sagte er mit mürrischer Stimme und einem noch mürrischeren Blick, dass dies das Land seines Königs sei und dass Untertanen daran gefälligst nicht zu rütteln oder zu mäkeln hätten. Sie sollten gefälligst zusehen, dass sie weiter kämen.

Felix konnte mit dieser Antwort nichts Rechtes anfangen und richtete weitere Fragen an den Grenzbeamten. Sonja die weise Schäferhündin, zog und zerrte jedoch so kräftig an ihrer Leine, dass Felix ihr um die nächste Wegbiegung folgte.

Den Blicken des Grenzbeamten entzogen,

setzte Felix sich auf einen Stein, um sich auszuruhen. Dabei sprach er zu sich:

„Ich verstehe nicht, warum das Land einem König gehört und wie es in seinen Besitz gekommen ist!" Sodann versank er in Schweigen. Plötzlich höre er eine Stimme: „Mutter Erde, ebenso wie das Wasser und die Luft, gehört allen Menschenkindern". Felix erschrak, beruhigte sich jedoch schnell, als er merkte, dass Sonja, seine weise Begleiterin, zu ihm gesprochen hatte. Er antwortete ihr: „Wenn die Erde allen Menschen gehört, wie kann es dann sein, dass das Land hinter dem Schlagbaum Privatbesitz eines Königs ist? Hat er es gestohlen oder gekauft?"

Er schlug vor, sich in einer etwas abseits gelegenen Scheune auszuruhen, ein Stück Brot mit Wurst zu essen und einen Schluck Wasser aus dem vorbei fließenden Bach zu trinken. Nach der Mahlzeit würde ihnen das Heu in der Scheune als Nachtlager dienen.

Seine Freundin Sonja folgt Felix wie eine ganz normale Hündin. Nichts mehr deutet darauf hin, dass sie sprechen kann. Als Felix versucht, ein Gespräch zu beginnen, reagiert Sonja nur mit Ohrenspitzen und Schwanzwedeln.

Am nächsten Tag setzten sie mit neuer Kraft die Entdeckung der Welt fort.

Nach langer, anstrengender Wanderung durch dunkle Wälder und über hohe Berge leuchtet im Tal ein großer blauer See. Felix und Sonja beschlossen, an dessen Rand zu rasten. Auf dem Weg zum Seeufer gelangten sie an einen hohen Zaun mit einem verschlossenen Tor, daran ein Schild mit der Aufschrift „Zutritt verboten – Privateigentum".

Felix war enttäuscht; er hätte gern gebadet. Missmutig setzte er sich auf einen umgefall-enen Baumstamm und haderte: „Mist, warum darf ich nicht baden im See"? Sonja sah ihn an, und ihm war, als antwortete sie ihm: „Müssen Menschen es hinnehmen, wenn sich andere Ufer zu eigen machen, obwohl diese allen gehören?

Felix brummte der Kopf; er versuchte die im Grunde einfache Frage in seine Gedankenwelt einzuordnen. Bevor er die weitere Entdeckung der Welt verfolgte, musste er in die Heimat zurückkehren, um dort für seine ungeklärten Fragen schlüssige Antworten zu bekommen, befand er. Und so geschah es.

Nachdem Felix und Sonja in ihre Heimat zurückgekehrt waren, herrschte bei den Eltern große Freude. Die Sorgen um das Kind und die Hündin waren schon bald vergessen.

Die Eltern baten Felix, ihnen zu erzählen, was Sonja und er in der Welt erlebt hatten. Felix aber bekam das gar nicht mit. Zu verwirrt war er immer noch. Er nahm sich Heft und Stift und rief Sonja zu sich.

Die Hündin beobachtete aufmerksam, was Felix tat. Immer, wenn sich Felix mit der flachen Hand an die Stirn schlug, weil ihm eine Frage zu entwischen drohte, stellte sie die Ohren auf und half ihm, indem sie Stichworte lieferte.

Nachdem Felix alle Fragen, die ihn bewegten, aufgeschrieben hatte, brachte er sein Heft seinen Eltern und bat sie um Antworten.

Sein Vertrauen zu den Eltern war groß.

WIE ICH EINER BLINDEN FRAU
EIN BILD SCHENKEN DURFTE

„Oskar Schlemmer, wer war das?", fragte meine Schwiegermutter.

Ich erzähle von seiner Tätigkeit beim Bauhaus in Weimar, Dessau und Breslau, schildere die prekäre Lage des Künstlers und seiner Familie zur Zeit des Faschismus.

Der Wuppertaler Unternehmer Dr. Kurt Herberts, der auch andere von den Nazis verfemte Künstler beschäftigte, bot ihm die Leitung eines Lack- und Farblabors an, in dem er wichtige Farbstudien betreiben konnte.

Diese Möglichkeit verschaffte ihm in der Zeit des unseligen „Tausendjährigen Reiches" persönliche und ökonomische Sicherheit für sich und seine Familie.

In der Wuppertaler Zeit versuchte Oskar Schlemmer mit großer innerer Kraftanstrengung seine verloren gegangene Identität als Künstler zurück zu gewinnen. Er begann sich aus dem seelischen Tief der Selbstentfremdung zu befreien.

In seinem Tagebuch schreibt er am 12. Mai 1942: „Hier bin ich wahr, in diesem eigentümlichen Sinn, dass ich nur male, was ich sehe, und vor allem, wie ich es male, darauf kommt's an."

So entstanden von April bis Juli 1942 die sogenannten Fensterbilder.

Wie ich mit meiner Schilderung an dieser Stelle angekommen war, bemerkte meine Schwiegermutter mit Traurigkeit in ihrer Stimme:

„Schade, dass ich keines von diesen Bildern kenne, und auch keines sehen könnte wenn du es mir zeigen würdest, weil meine Sehkraft mich im Alter im Stich gelassen hat".

Als ich das hörte, erinnerte ich mich an den Hinweis eines Freundes. Er hatte mir einmal geraten, einem Blinden ein Bild zu beschreiben. Dieser Gedanke beschäftigte mich heftig, bis ich, um meiner inneren Anspannung begegnen zu können, meiner Schwiegermutter vorschlug, eines der Fensterbilder zu holen um ihr dieses Bild zu erzählen.

Mehr aus Höflichkeit, denn aus Überzeugung, erklärte meine Schwiegermutter, dass sie es begrüßen würde, wenn ich ihr ein Bild vorstellen würde.

Schnell hatte ich meine Wahl getroffen, das erste Fensterbild mit dem Titel „Raum mit sitzender Frau in violettem Schatten" erschien mir besonders geeignet zu sein, einer blinden Frau ein ihr unbekanntes Bild vor ihrem inneren Auge sichtbar werden zu lassen.

Ich begann: Das Bild zeigt ein Fenster und Teile eines durch das Fenster zu erkennenden Raumes und es ist ungefähr so groß wie ein normaler DIN A4 Briefbogen. Ich sehe den äußeren balkenförmige Rand des Bildes; das ist gleichzeitig der äußere Rahmen des erwähnten Fensters. Dieser dunkelgraue Fensterrahmen wird durch ein gleichfalls dunkelgraues Fensterkreuz unterteilt. Dieses Fensterkreuz teilt die Fensterfläche in symmetrische Flächen auf. - Bestimmt erinnerst du dich an die Fenster in eurer ehemaligen Wohnung, - ein solches Fenster sehe ich jetzt.

Im unteren Bildteil befinden sich zwei große Fensterflügel und darüber sind zwei kleinere Oberlichter zu sehen. Die Farben hinter den großen Fenstern sind wie beschlagen, ein wenig matt, es könnte aber auch daher rühren, dass das Glas der geschlossenen Flügel mit der Zeit etwas stumpf geworden ist.

Die Oberlichter sind, wie deutlich zu erkennen ist, geöffnet, und die gelbrote Farbe der Wände des dahinter liegenden Raumes ist klar zu sehen. Stell dir vor, wir schauen von außen, aus einer offensichtlich dämmrigen oder dunklen Außenwelt, in einen beleuchteten Raum.

Die gut zu erkennende Glühlampe im oberen rechten Teil des Fensters ist zwar sehr trist, aber sie beleuchtet eindeutig die abgebildete Szene.

In der Mitte des abgebildeten Raumes ist hinter den geschlossenen Fensterteilen, auf einem einfachen Hocker sitzend, eine Frau in einem rosafarbigen Kleid, in stark vorgebeugter Haltung zu sehen. In ihrem Rücken, auf der linken Seite des Bildes, begrenzt eine leicht geraffte helle Gardine den Blick der Betrachter.

Die Frau beugt sich über einen Tisch, der mit weiten Teilen des übrigen Raumes in einen dunklen, violetten Schatten getaucht wird. Es ist nur der Schatten zu sehen, es ist nicht zu erkennen was diesen Schatten verursacht.

Überrascht bemerke ich den nachdenklichen Ausdruck im Gesicht meiner blinden Zuhörerin. Ich kann in diesem Augenblick nur schweigen und warten auf das was nun passieren wird.

Nach geraumer Zeit, in der sich der Gesichtsausdruck meiner Schwiegermutter von Nachdenklichkeit in eine Art Erkennen gewandelt hatte, sagte sie zu mir:

„Ich sehe ein deutliches Bild, aber dieses Bild macht mich traurig. Ich sehe in diesem, von einer nackten Glühbirne beleuchteten, Zimmer eine einsame Frau. Ich denke, wer allein und gebeugt in einem Zimmer, im violetten Schatten, auf einem Hocker sitzt, ist nicht nur schrecklich allein, sondern der muss auch sehr einsam sein".

Überrascht fällt mir der Eintrag in Oskar Schlemmers Tagebuch ein:...dass ich nur male, was ich sehe, und vor allem, wie ich es male, darauf kommt's an.

Hat Oskar Schlemmer auch eine einsame Frau in seinem Bild gesehen, und kam es ihm bei dem Bild darauf an? Ich weiß es nicht, aber nach diesem Zwiegespräch hatte ich nicht den Mut meine Schwiegermutter zu fragen, ob sie möglicherweise in dem inneren Bild, das durch meine Beschreibung entstanden war, ein Stück ihres eigenen Lebens gesehen hat, so wie jeder bei jedem Bild ein eigenes Bild sieht.

VON MOLLSEIFEN
NACH
ATTENDORN

Inspiriert durch Feuerschuh und Windsandale
von Ursula Wölfel, 1961

Schon seit vielen Jahren fuhr der 10jährige Marc mit seinen Eltern am Wochenende auf einen Campingplatz nach Leichlingen.

Im Winter reisten sie zum Skifahren in das Sauerland in das Naturfreundehaus in Mollseifen. Nachdem Marc sich als 5jähriger auf der Skiwiese am Haus das Bein gebrochen hatte, entschied die Familie sich, auch im Winter ihren Wohnwagen in das Sauerland zu stellen. An der Bergstation des Skiliftes auf dem Campingplatz Leber in Mollseifen wurde das Winterquartier eingerichtet.

Am 9. September 1977 bekam Marc von seinen Eltern zum Geburtstag ein kleines Buch geschenkt. Der Titel hat ihn von Anfang an neugierig gemacht.

Feuerschuh und Windsandale, das hörte sich spannend an und Marc las eine wunderbare Geschichte über Tim und seinen Vater, der weil er ein armer Schuhmacher war, seinem Sohn ein Paar feuerrote Wanderschuhe und, was sicherlich noch viel schöner war, einen Wanderurlaub zum Geburtstag schenkte.

Nach der Lektüre des aufregenden Buches denkt Marc, dass es ihm auch gut gefallen könnte, wenn sein Vater eine Wandertour mit ihm unternehmen würde.

Als er diesen Wunsch seinem Vater vorträgt, bespricht der das mit der Mutter. Die Idee, eine Vater- und Sohn-Wanderung findet diese großartig. Sie schlägt vor, dass der Vater eine Woche mit dem Sohn durch das Sauerland wandert.

Als Marc das hört, ist er total aus dem Häuschen, solch ein Abenteuer hat noch keiner seiner Freunde erlebt. „Wann kann es denn endlich losgehen?" Die Mutter, die bemerkt, wie stolz ihr Mann ist, dass sein Sohn mit ihm eine spannende Wanderung unternehmen will, macht den Vorschlag, den Wohnwagen vom Sommerplatz am ersten Wochenende der Schulferien im Oktober zum Winterstellplatz zu fahren.

„Prima, das ist eine gute Kombination. Wir fahren alle drei am Samstag los und über-nachten noch eine Nacht gemeinsam. Am Sonntag machen wir zusammen eine kleine Wanderung nach Neuastenberg, bevor deine Mutter am Nachmittag mit dem Auto zurück nach Wuppertal fährt".

Als die Einzelheiten besprochen sind, sagt det der Vater, dass Marc nicht wie Tim rote Schuhe bekommt, sondern dass er ihm ein paar gute feste Wanderschuhe kaufen will. „Wir können die neuen Schuhe doch trotzdem Feuerschuh nennen" bemerkt Marc.

„Aber nur wenn ich meine Wanderschuhe auch Windsandale nennen darf".

Schnell sind Vater und Sohn sich einig, dass die Wanderung komplett cool wird. Wenn Feuerschuh und Windsandale durch Wiesen und Wälder, über Berge und durch Täler wandern, hat das schon etwas von berühmten Waldläufern, deren Abenteuer Marc oft in seinen Träumen erlebt.

Auf die Frage, wo sie denn schlafen würden, antwortet Windsandale: „Wie schon besprochen, die erste Nacht gemeinsam mit deiner Mutter im Wohnwagen, die folgende Nacht schlafen wir zwei Waldläufer alleine im Wohnwagen.

Ab Montag, wenn unser Abenteuer richtig beginnt, schlafen wir in Jugendherbergen.

Die Zeit bis zu den Herbstferien vergeht schrecklich langsam. Aber als der Termin zum abholen des Wohnwagens gekommen ist, hat Marc die Wartezeit sofort vergessen. Die Fahrt von Leichlingen nach Mollseifen vergeht wie im

Flug. Beim Aufstellen und Einrichten des Wagens hilft Marc freudig mit und so sind die Camper bald bereit, sich der Erholung des Wochenendes zuzuwenden. Am Abend sitzt die ganze Familie bei Spiel und Unterhaltung im gut geheizten Wohnzimmer ihres rollenden Häuschens.

Beim einschlafen denkt Marc, dass es noch abenteuerlicher wäre, im Zelt zu übernachten statt in Jugendherbergen. Doch das geht nicht, so leichte Zelte, Isomatten und Schlafsäcke wie wir sie heute kennen, gab es damals noch nicht. 1977 wiegt Vaters Rucksack über 17 kg. Die DJH-Schlafsäcke, Benzinkocher, Konserven, Wechselwäsche und Waschzeug nebst Wanderapotheke waren eine enorme Last.

Marc hatte selbstverständlich ebenfalls einen Rucksack. Seine Wechselwäsche, das Waschzeug und einige persönliche Kleinigkeiten hat er auch selbst eingepackt.

Am Sonntagnachmittag, nach der kleinen Wanderung nach Neuastenberg und einem genussvollen Aufenthalt in einem Café, verabschieden sich die Wanderer von Marc's Mutter.

Sie wünschen sich gegenseitig gute Fahrt, gute

Wanderung und gutes Wetter. „Bleibt gesund", und an den Vater, „pass mir ja auf den Jungen auf". Der Vater beruhigt die Mutter und wischt ihr eine kleine Träne aus den Augen, oder war es nur ein Staubkörnchen?

Marc wird ganz fest umarmt und bekommt einen dicken Kuss. „Tschüss" tönt es von allen Seiten, gewunken wird bis das Auto hinter der nächsten Kurve verschwunden ist.

„So, jetzt schauen wir uns die Wanderkarte und den Weg des folgenden Tages an". „Wohin wandern wir und wie weit ist die Tour?"

„Wir wandern über den südlichen Rothaarkamm nach Bad Berleburg. Es sind ungefähr 20 km, die aber, weil wir über einen Kamm wandern, nicht übermäßig viele Steigungen aufweist".

Trotz aller Aufregung schläft Marc tief und fest bis zum frühen Morgen. Nach dem Frühstück wird der Wohnwagen verschlossen, die Rucksäcke geschultert und das große Abenteuer beginnt, bei dem Marc "Feuerschuh" und sein Vater "Windsandale" viel interessantes erleben werden.

Der erste Teil der Wanderung führt durch bekanntes Gelände. Über den Twistberg, vorbei

am so genannten Freien Stuhl, einer histor-
ischen Stätte, die ein Gelände bezeichnet, in
welchem Verfolgte im Mittelalter Schutz finden
konnten.

Mit dem Erreichen der Ziegenhelle auf 808 m
ist der höchste Punkt der heutigen Wanderung
erreicht. Von hier aus wandern Vater und Sohn
bei prächtigem Wanderwetter über einen
ständig leicht bergab führenden Wanderweg in
Richtung Berleburg.

Als es Mittagszeit geworden war, suchten
unsere beiden Abenteurer sich einen schönen
Rastplatz. Der Vater holte den Kocher aus dem
Rucksack, Marc wählte unter den Konserven
Eierravioli aus und kurze Zeit später dampfte
das Essen schon im Topf. Toll, dachte Marc, so
inmitten der Natur mit meinem Vater die auf
dem Benzinkocher erwärmten Ravioli zu essen,
das werde ich wohl nie vergessen. Nach der
ausgiebigen Pause, das Geschirr und die
Bestecke waren gereinigt und in die Rucksäcke
gepackt, ging es weiter sanft abfallend in das
Odeborntal nach Wemlinghausen.

Am Ortsausgang wird die Odeborn überquert
und einige Zeit später steigen Feuerschuh und
Windsandale auf den Schlossberg, wo sie die

Jugendherberge erreichen.

Die Einquartierung war problemlos, die Herbergseltern sehr freundlich und weil Vater und Sohn als Einzelwanderer in einem Raum mit einer Gruppe schon recht großer Mädchen speisten, wurde ihr Spüldienst von den Mädchen übernommen.

Feuerschuh, dem die 20 km in den Knochen steckten, fand das sehr lieb. Die Nacht war sehr erholsam und nach dem ausgiebigen Frühstück starteten die Wanderer zu ihrem zweiten Abenteuer.

Vom Schlossberg in Berleburg stieg der Weg durch herbstlich gefärbten Mischwald in Richtung Jagthaus/Hubertuskapelle stetig an. Die heutige Strecke war überwiegend bergauf zu wandern.

Auf einer Bank mit wunder-schönem Blick auf das im Tal liegende Berleburg glänzten die vom Frühnebel noch feuchten Schieferdächer der Häuser wie Silber in der Sonne. Eine halbe Stunde bergauf, dann eine halbe Stunde bergab und ab jetzt, stetig bergauf bis zur Höhe 706 m. Hier haben die Wanderer bereits ca. 8 km ihrer Wanderung geschafft. Bis Jagthaus sind es nur noch gute drei Kilometer. Eine ausgiebige Mittagspause mit Nudeln und Mischobst verleiht Kraft für den zweiten Teil der Tagesetappe.

Von Jagthaus über Margarethenstein bis zum Rhein-Weser Turm auf 680 m verläuft der Weg durch schöne Wälder, Wiesen und Felder. Am Turm auf der Wasserscheide zwischen den nordwärts fließenden Bächen und Flüssen, die durch die Hundem, die Lenne und die Ruhr den Rhein erreichen und auf der anderen Seite den Bächen und Flüssen die in südöstlicher Richtung fließen, und die durch die Eder und Fulda am Ende in die Weser münden, machen Feuerschuh und Windsandale eine Pause, besteigen den Turm und genießen den herrlichen Fernblick über das südliche Rothaargebirge.

Vom Aussichtsturm bis zur Jugendherberge in Oberhundem ist es nur noch ein kurzes Wegstück (2005 geschlossen, ist die Jugendherberge seit 2011 ein Pferdehof).

Als Marc und sein Vater am Nachmittag in der Jugendherberge angekommen waren, stellte sich heraus, dass durch die starke Belegung der Herberge nur noch Unterkunft in zwei verschiedenen Schlafräumen möglich war.

Marc war an diesem Abend doch sehr traurig,

dass er nicht mit seinem Vater in einem Raum schlafen würde. Auch das unterhaltsame Fußballspiel zwischen einer katholischen Jugendgruppe aus Köln und der Jugendmanschaft des FC Oberhundem und die interessante Unterhaltung mit dem Geistlichen, der die Kölner Gruppe begleitete, änderte an der Stimmung nicht viel. Als es Zeit wurde, die Schlafräume aufzusuchen, konnte Marc nur mit Mühe seine Tränen zurück halten.

Weil der kommende Tag als Ruhetag geplant war, der Vater aber nicht wollte, dass Marc noch eine Nacht traurig sein sollte, fragte er den Herbergsvater, ob er und Marc die kommende Nacht in einem gemeinsamen Zimmer verbringen könnten. „Kein Problem einige Gäste reisen Morgen schon früh ab". Marcs Stimmung hellte sich nach den Worten des Herbergsvaters zusehens auf.

Am Morgen des „Ruhetages" verstauten Feuerschuh und Windsandale ihr Schwimmzeug in Marcs Rucksack und spazierten zum Schwimmbad in Oberhundem.

Hier konnten sie modernste Technik erleben. Das Bad war mit einem Hubboden versehen und das ermöglichte Schwimmanfängern in niedriger Wassertiefe schwimmen zu lernen.

Nach diesem sportlichen Vormittag, selbstverständlich in tiefem Wasser, wanderten Vater
und Sohn ca. 3 km auf leichtem Wanderweg
zum Eingang des Wild- und Freizeitparks
Kirchhundem (Panoramapark Kirchhundem).

Der Park hat im unteren Bereich vielfältige
Angebote, Miniscooter, Eisenbahn, Rutschbahn
und noch vieles mehr wird den Besuchern
geboten.

Ob Marc das ein oder andere Angebot genutzt
hat, ist seinem Vater heute nicht mehr im
Gedächtnis. Haften geblieben sind die Ein-
drücke aus dem oberen Teil des Parks, dem Teil,
wo die Wildschweine sind und in dem sich ein
Wolfsrudel befindet, wo jede Menge Rehe und
Hirsche zu beobachten sind. Scheue Luchse
und Waschbären sind putzig anzusehen, aber
der absolute Höhepunkt sind die gewaltigen
Bisons die mit ihren blauen Zungen unsere
Abenteurer besonders beeindrucken. Marc
macht seinen Vater mit seinen Gedanken
bekannt. „Wenn die Bisons wüssten, dass sie
mit Leichtigkeit den Maschendrahtzaun
zwischen sich und uns zertreten könnten, dann
müssten wir uns aber schnell aus dem Staube

machen".

Der Tag, der als Ruhetag geplant war, wird zu einem ereignisreichen und spannenden Erlebnis welches mit einem leckeren Abendbrot und der obligatorischen Hilfe in der Küche der Jugendherberge endet.

Gemeinsam schlummern Vater und Sohn in den nächsten Morgen. Abmarsch zur nächsten Etappe. Von Oberhundem nach Bilstein auf die Jugendburg, von der sein Vater Marc schon viel erzählt hat. Aber zuerst einmal muss die Wanderstrecke 8 km von 450 m auf 304 m über Kirchhundem und den Krähenberg geschafft werden.

Bei einer Rast trafen die Zwei im Wald eine Wandergruppe, die gerade von der Hohen Bracht kam. Nach einem freundliche Hallo stellte einer der Wanderer eine Frage an Marc, „na, wo wollt ihr denn heute noch hin?" „Nach Bilstein auf die Jugendburg." „Na, dann müsst ihr jetzt aber mächtig steigen, um auf die Hohe Bracht zu kommen".

Feuerschuh und Windsandale konnten die Worte nicht schrecken und nach einem letzten freundlichen Gruß trennten sich die Wanderer. Es war wirklich ein ganz schön anstrengender

Aufstieg zur Hohen Bracht. Froh, die größte Höhe des Tages geschafft zu haben, suchten Vater und Sohn eine Quelle, um Wasser zum kochen der Nudeln zu bekommen.

Keine Quelle zu finden; kurz entschlossen begeben sich die Hungrigen in das Restaurant am Aussichtsturm der Hohen Bracht und kaufen 2 Flaschen Mineralwasser.

Mit diesen wandern sie zurück zu ihrem schönen Rastplatz und kurze Zeit später kochen die Nudeln im sprudelnden Mineralwasser. Die Dose mit dem fertigen Gulasch ist ebenfalls schnell erwärmt und die Mahlzeit wird anschließend mit gebührender Hochachtung, die einem fürstlichen Gericht, das mit Mineralwasser gekocht wurde zusteht, verspeist.

Nach den letzten 4 km, die nur abwärts führen, erreichen die Wanderer Bilstein. Aber groß ist die Enttäuschung als klar wird, dass die Jugendburg wegen dringender Reparaturarbeiten geschlossen ist. „Was hältst du davon, wenn wir uns eine Pension suchen, heute Abend in einem Restaurant etwas essen und Morgen früh die letzte Teilstrecke unserer Wanderung in Angriff nehmen".

Marc, der immer schon ein heimlicher Gourmet war, findet den Vorschlag seines Vaters prima.

Über das Vorgehen einig, fragen sie zwei offensichtlich einheimische Männer, die sich unterhaltend vor einem Haus stehen, nach einer Pension.

„Hinter der nächsten Straße links, ist ein sehr schönes altes Schieferhaus, dort sind Zimmer zu vermieten, da könnt ihr es versuchen, ihr erkennt das Haus an der großen Treppe, die zu Haustür empor führt". Nachdem sich die beiden bedankt haben, gehen sie zum beschriebenen Haus. Ihre stark mit Lehm verschmutzten Wanderschuhe ziehen sie am Fuße der Treppe aus, steigen die Stufen hinauf und klingeln an der Haustür.

Eine sehr freundliche Dame öffnet die Tür und fragt, was sie denn für sie tun könne. „Wir möchten ein Zimmer für uns zwei mieten, wir wandern durch das Sauerland und wollten auf der Burg übernachten, aber die ist leider geschlossen".

Ein anerkennender Blick trifft Marc und die Frage, ob er denn gerne wandern würde, beantwortet dieser mit einem stolzen „Ja".

Die freundliche Hausfrau zeigt den Wanderern

das Zimmer und die zwei sind glücklich und zufrieden, ein solches Zimmer mieten zu können. Die schmutzigen Schuhe bleiben auf der Außentreppe stehen, Vater und Sohn ziehen sich, nach dem sie sich gewaschen haben, frische Kleidung und die mitgeführten Turnschuhe an und fragen bei der Hauswirtin nach einem empfehlenswerten Restaurant.

Die Wirtin nennt zwei Gaststätten, die nicht weit entfernt sind und unsere Abenteurer machen sich auf den Weg.

Marc ist ganz stolz auf seine Leistung und dass sein Vater so wie ein guter Freund mit ihm zum Essen in ein Restaurant geht. Das Essen war hervorragend, und gut gesättigt, aber auch ein bisschen müde, spazieren sie zur Pension. Als sie die Treppe betreten, können sie in ein Kellerfenster schauen und sie sehen, wie ihre freundliche Hauswirtin emsig ihre verschmutzten Wanderschuhe reinigt.

Marcs Vater, dem das ein wenig peinlich ist, bedankt sich bei der Wirtin herzlich für ihre Mühe. Diese wischt den Dank mit einer Handbewegung zur Seite und sagt: „Wer durch unser schönes Sauerland wandert, verdient Anerkennung, wer aber mit seinem Vater durch das Sauerland wandert verdient mehr, er verdient Hochachtung, und der Vater eines solchen Sohnes muss ein glücklicher Mensch sein, also ich gebe euch den Dank zurück, ihr habt ihn verdient".

In der Nacht träumt Marc von seinen bisherigen Erlebnissen, dabei versinkt er aber bald in den stärkenden Tiefschlaf.

Am frühen Morgen, frisch gewaschen, wird, weil sehr schönes Wetter ist, mit guter Laune das prächtige Frühstück in der Pension eingenommen.

Herzlich verabschieden sich Feuerschuh und Windsandale von der Wirtin, die ihnen alle Gute wünscht und sich mit einem Händedruck und einem Apfel für Marc verabschiedet. Noch ein kurzes Winken und die Wanderer sind auf ihrer letzten Etappe unterwegs. Bergauf zur Burg, denn zumindest von außen will Marc sich das imposante Gebäude ansehen.

Der Vater erzählt wie er als Kind mit seinen Eltern und einer Jugendgruppe zum ersten mal in der Burg geschlafen hat: „Als wir auf der Burg angekommen sind, fragte uns der Herbergsvater, woher wir denn heute kämen. Als er hörte, dass die Gruppe über 40 km gewandert war, zeigte er Anerkennung und die Gruppe bekam sofort eine Unterkunft. Die übrigen Gäste der Burg wurden vom Herbergsvater ermahnt". „Verhaltet euch heute Abend bitte besonders leise, bei uns sind echte Wanderer zu Gast, die durch das Sauerland wandern".

Nach dieser kleinen Geschichte machen sich Vater und Sohn auf den Weg zur Burg Schnellenberg. Zunächst immer bergauf Richtung Wollberg, bei Erreichen der Höhe 470 m wird der höchste Punkt der Wanderstrecke überschritten. Nun geht es bergab vorbei an Mecklinghausen durch Helden auf ca. 292 m.

Bis hierher sind ca. 6 km zurückgelegt. Nun steigt der Weg wieder auf 423 m, um dann leicht abfallend nach insgesamt 9 km die Burg Schnellenberg auf 313 m zu erreichen. Die Burg wurde 1222 vom Kölner Erzbischof Engelbert von Berg im Zuge der Befestigung des Ortes Attendorn zur Sicherung der Handelsstraße (Heidenstraße), die von Leipzig über Kassel nach Köln führte, angelegt. Heute befindet sich in der Burg ein Hotel.

Nach der letzten Rast an der Burg Schnellenberg steigen Feuerschuh und Windsandale auf dem 2 km kurzen Weg nach Attendorn hinunter.

Am Bahnhof werden Fahrkarten nach Wuppertal gekauft und kurze Zeit später besteigen Vater und Sohn den Schienenbus nach Finnentrop. Dort müssen sie umsteigen und nach einem weiteren Umstieg in Hagen treffen die Abenteurer pünktlich in Wuppertal ein. Weil der Vater diese Ankunft Marc's Mutter per Telefonat mitgeteilt hatte, stand sie schon am Bahnhof und freute sich, dass ihre Familie nun wieder zusammen war.

Marc wurde in den folgenden Tagen sehr bewusst, was er in der Woche mit seinem Vater erlebt hatte und was es bedeutete wieder mit beiden Elternteilen zusammen zu sein.

Als er sich noch einmal an das Buch Feuerschuh und Windsandale erinnert, kommt ihm, wie Tim Feuerschuh, die Erkenntnis, dass er eigentlich alles hat, um glücklich zu sein: Eltern, die ihn lieben, die Zeit für ihn haben und ihn ernst nehmen.

Kann es das geben, eine Stille die Geräusche macht, oder Geräusche, in der Stille nicht zu hören sind?

Das scheint mir ein unauflöslicher Widerspruch zu sein.

Aber wenn ich mir einmal vorstelle, dass Stille in unserer Gefühlswelt durchaus wie ein Geräusch empfunden wer-den kann, was ist das dann?

Ist das eine Stille die möglicherweise als Brausen, Jauchzen, Schreien oder Singen empfunden wird, oder können das noch ganz andere Geräusche sein?

Am lautesten höre ich das Geräusch der Stille, wenn ich die stummen Schreie der ertrunkenen Flüchtlinge, ihrer Kinder und Frauen vernehme.

DAS GERÄUSCH DER STILLE

Dichtgedrängt liegen oder sitzen sie auf dem schwankenden Boden des alten Schlauchbootes, während unter ihnen die langgezogenen Wogen des Mittelmeers in ihnen Übelkeit aufsteigen lässt.

Das Meer erstreckt sich blau, meistens aber tiefschwarz, zwischen der Heimat die sie verlassen mussten und den Ufern der Zuflucht die sie möglicherweise nie lebend erreichen werden.

Ermattet und erschöpft vergraben sich ihre Gedanken in die Erinnerung.

In ihren Träumen erheben sich die Gräuel des Krieges, die Schmerzen des Hungers und die Bilder der getöteten Angehörigen und Freunde zu einem ungeheuren Toben und Brausen. Die stummen Schreie der Gestorbenen verdichten sich zu einem infernalischen Konzert.

Das laute Brausen des Sturmes ist nichts gegen die Stille des Meeres. Diese Stille verstärkt das unhörbare Konzert aus Elend, Not und Zukunftsangst.

Die Not hat sie fortgerissen aus ihrer tödlichen Realität zu einer Reise in eine Welt in der alles besser sein soll. Wo Freiheit herrscht und in der endlich Frieden ist.

Die Menschen sind von einer Hoffnung erfüllt die niemand, der ihre Vergangenheit nicht kennt, jemals nachempfinden kann.

Vor ihren, inneren, hoffnungsvollen Augen sehen sie die Gesichter ihrer Kinder, wie sie satt, gesund und fröhlich einer neuen Zukunft entgegen gehen.

Sie öffnen ihre Augen und mit gnadenloser Realität erfasst sie die Angst vor einer ungewissen Zukunft. Die unhörbaren Geräusche der Stille drängen sich in ihren Kopf. Diese stillen Geräusche, die nur sie hören können, werden sie auf ihrem zukünftigen Lebensweg wohl nie mehr verlassen.

Noch die Ertrinkenden werden von den apokalyptischen Geräuschen der Stille bis auf den Grund des Meeres begleitet werden.

Die nicht ertrunken sind fühlen sich gerettet und ihre Hoffnung steigert sich zur Zuversicht. Sichere Schiffe haben sie von ihren alten, maroden Seelenverkäufern übernommen und schon bald sehen sie die Küsten ihrer Träume vor sich.

Doch, sie sind noch nicht gerettet, ihre für kurze Zeit errungene innere Ruhe und Ausgeglichenheit fällt mit unhörbarem Getöse in sich zusammen. Sie können es nicht begreifen und ihre Zukunftsträume zerplatzten im lautlosen Konzert der gnadenlosen Realität.

Niemand will sie aufnehmen. Von einem Hafen zum anderen werden sie wie seelenloses Frachtgut hin und her geschickt.

Die Mauern der reichen Staaten sind höher als das Meer tief ist.

Nur weil die freiwilligen Helfer, die wirklichen Humanisten, die Geräusche der Stille mit ihren Protesten hörbar machen, können die Flüchtlinge mit ihren Kindern die Schiffe verlassen.

Aber nun beginnt ein Geschacher um die Verteilung der Menschen das auf einem mittelalterlichen Sklavenmarkt kaum anders gewesen sein dürfte.

Jeder menschlichen Würde beraubt, werden die Ärmsten in sogenannten Rückführungszentren interniert.

Nicht nehmen kann man ihnen allerdings die traumatischen Erlebnisse, die unhörbaren Geräusche der Stille, den stummen Schrei der Ertrinkenden und die Wahrnehmung der Grausamkeit in einer unmenschlichen Welt.

Die lautesten Geräusche der Stille sind die traurigen, stummen, Gesänge der Ertrunkenen.

Diese Geräusche der Stille sind wie eine Apokalypse des Weltuntergangs, dessen unüberhörbare Klagen im Egoismus verkommener Gesellschaften ertrinkt..

Solange die Geräusche der Unmenschlichkeit sich in der Stille verstecken, bleiben sie ungehört.

Wenn die Menschlichkeit in unserer Welt wieder einen Platz haben soll, müssen die Geräusche des Schreckens der Stille entrissen werden damit die Geräusche der Stille zu unüberhörbaren Konzerten werden.

Machen wir die Disharmonien der Unmenschlichkeit zu ohrenbetäubenden Fanfaren.

Werden wir so laut, dass sie es hören, die Unfähigen die uns regieren, denn sie haben die Humanität verloren, doch sie beschwören sie pausenlos.

 Günter Wülfrath ist 1941 in Wuppertal geboren. Er legte nach vielen Jahren als Rezitator 2007 den Grundstein für die jährlich stattfindenden Ronsdorfer Literaturtage „LIT.ronsdorf" in Wuppertal und begann eigene Texte zu verfassen.
Er schreibt vorwiegend Lyrik, Kurzgeschichten und biografische Texte, die in diversen Anthologien und Zeitschriften veröffentlicht wurden.

2016 erschien der Lyrikband "Ich denke, also bin ich" im NordPark-Verlag Wuppertal.
2018 erschienen bei BoD-Norderstedt die Gedichtbände „Ewig um die Sonne kreisend dreht die Sonne uns ins Licht" und „Mut zum Genuss", und der Roman „Vom Workaholic zum Sinnfinder". Zuletzt erschien 2019 der Gedichtband „Trotz Alledem". 2021 folgte der Gedichtband „Ich lebe noch"